U0015221

客家文學研究：
語言、族群、性別與歷史敘事

黃菊芳◎著

《台灣客家研究叢書》
總序

在台灣這塊多元文化的土壤上，客家族群以其獨特的文化與歷史，對台灣的社會發展產生了深遠的影響。客家人在台灣社會發展的各個階段都表現出積極參與、熱心社會事務的精神，在推動民主化過程中發揮了關鍵作用，與其他族群共同建立台灣民主制度的基石。客家人對於本土文化的承傳與復興同樣不遺餘力，不僅保護和傳承了自己豐富的文化遺產，也積極參與到台灣文化的多元發展之中。因此，客家文化已成為台灣文化的重要組成部分，為台灣社會的多元性與包容性貢獻了重要的力量。

從學術的角度，客家文化與歷史及其在台灣社會的多元性與發展過程的意義之研究，在客家研究體制化之前，一直未能從客家族群的視角來處理。這一領域的研究涵蓋了廣泛的田野調查、問卷研究、歷史文獻分析等，涉及經濟、文化、產業、語言、政治等多個層面，也牽涉到客家與周邊族群、客家研究的方法論，甚至知識論的範圍。客家研究不僅揭示了一個族群的歷史軌跡和文化特色，更從社會學、歷史學和文化研究的角度，提供了對台灣社會結構和文化動態的深刻理解。此外，通過對客家族群的批判性研究，我們能夠探討族群歷史詮釋的時代意義，並從中發掘族群多元價值對台灣社會發展的深層影響。

《台灣客家研究叢書》自發行以來，一直致力於提供高質量

的學術平台，向學術界開放徵求書稿。經過嚴格的審稿過程和專業的編輯工作，確保了每一本出版物的學術水準與創新性。這些努力使《台灣客家研究叢書》在學術界獲得了廣泛的認可，甚至成為學者們在學術升遷過程中的最為專業的學術出版機構。我們的目標不僅是出版優秀的學術作品，同時也致力於推動客家研究領域的進一步發展，為台灣乃至全球的學術交流做出貢獻。

　　這一系列已經出版了許多具有重要學術價值的論著，並持續吸引著來自各個學術領域的學者投稿。展望未來，我們正在積極、持續徵求更多優秀的學術作品。我們鼓勵來自不同學術背景的專家學者參與投稿，尤其是那些能夠提供新視角、新方法論，以及與台灣客家研究相關的學術專著。我們期待著每一位學者的珍貴貢獻，共同推動客家研究領域的發展，完成叢書的學術價值及出版質量。前述理想之所以能夠實現，要衷心感謝國立中央大學的遠見及對《台灣客家研究叢書》的支持與推動，在此向中央大學致上深深的感謝。

張維安

國立陽明交通大學榮譽教授
國立中央大學客家學院前院長
112.12.1

目次

圖表目次

導言

　　客家文學的討論與臺灣民主化的過程密切相關，而文學的研究與上一個世紀哲學思潮的語言學轉向又有著千絲萬縷的關係。文學研究的理論探討從形式主義走向文化研究，從結構主義邁向後結構主義。身處後現代思潮的臺灣當下，文本展示了豐富多元的社會脈動與時代議題，「客家文學」的相關研究與討論，正是時代脈絡下，在「去中心」的過程中，一種以邊緣爲中心的研究策略。

　　文學與政治意識形態的互爲主體，促使文學文本經常揭露了該文本出現的時代主流觀點，文本中的族群關係、性別呈現、歷史記憶，無不提醒讀者反思當下臺灣的處境與世界的潮流。文學史的書寫，從大量的「中國文學史」到近二十年出現的「臺灣文學史」書寫，也提醒我們臺灣的政治立場轉向：從「中國」中心轉變爲「臺灣」中心。文學書寫也從「中國性」的追求，轉而確立「臺灣性」的存在。客家文學既有「中國性」也有「臺灣性」，深入探討客家文學的相關議題，可以突顯臺灣的多元與豐富，也更接近生活的文學這個命題。

　　客家文學除了與中國文學及臺灣文學密不可分之外，客語文學的命題也值得討論。一般對客家文學的定義是書寫者爲客籍，或者書寫內容有客家，或者使用客語書寫，那麼客語文學一定要使用客語書寫，至於內容則不見得要與客家相關。而客語又有不

同的腔調，書寫的問題顯得複雜而深具挑戰。語言的消失與時代
及政策密切相關，不同歷史時期的推行「國語」運動，無不直接
或間接導致本國語文的瀕危，當代的弱勢語言復振工程極為艱
巨，因為與國家的雙語政策相互矛盾。

　　臺灣在解嚴之後，於1988年底的還我母語運動開始，進行
了一系列臺灣客家文化的政府與民間復振工程。近幾年在《國家
語言發展法》及《客家基本法》的相關法律保障之下，客語師
培、客家藝文補助等如火如荼在推動。反映在文學作品上的則是
鼓勵了不少作家關注客家的議題，也影響了不少從事客語創作的
創作人，純文學如此，流行歌及影視行業也如此。觀察解嚴後民
主自由臺灣在文學創作上的多元與百花齊放，尤其是「多語」的
創作選擇，滋養著無數懷有鄉愁的文學心靈，也鼓勵不少後生的
投入。

　　用母親的語言書寫，本身就是一種強而有力的象徵與隱喻。
而「母親」往往又是「他者」，處於邊緣。用母親的語言書寫就
是一個「去中心」的象徵與隱喻，而「中心」是被時代建構出來
的「意指」，其「能指」經常被統治者置換而處於變動的狀態。
變動的「能指」有不同歷史時期的「國語」，也有國際優勢語及
地方優勢語，面對這些「能指」，弱勢語言的存活總是艱難而苟
延殘喘。然而愚公移山並非寓言，而是一種堅持與信仰。

　　臺灣在還我母語運動之後，啟發了一波波的本國語文的自覺
復振過程。解嚴後的臺灣，各族群重新思考文化脈絡的傳承與復
興，在這個過程中，解構了過去單一標準的語言政策，形成「眾

聲喧嘩」的多語局面。本書第一章即在探討「客語新文學」運動的時代意義及其意涵，簡單概括，大意就是「客語新文學」承繼了五四新文學運動的精神，只不過五四時期使用白話文（標準語）作為富國強民的工具，而「客語新文學」則是用客語批判時代、見證歷史，因此「客語新文學」運動實際上就是臺灣客家運動的一個重要環節。

解嚴後的臺灣，各種思潮百花齊放，文學文本思考族群關係的創作如雨後春筍。其中客籍作家甘耀明的《殺鬼》與《邦查女孩》，從不同的角度重新思考歷史中的族群與國族議題，也帶領讀者站在全球語境的視點重構臺灣的族群圖像。本書第二章以這兩本重要的作品切入，探討客家文學中的族群敘事與臺灣主體性的呈現。書寫1940年代臺灣的《殺鬼》，所建構的是漢人男性臺灣的主體意象，而以1970年代臺灣為敘事背景的《邦查女孩》，則建構了非漢女性臺灣的主體意象。主角的性別置換，透露時代與作家敘事重心的移轉，從陽剛的男性中心主體敘事，走向陰柔的女性邊緣主體敘事，暗示了敘事主體的弱勢關懷與自覺。換言之，臺灣的主體性是由不同族群共同建構並且逐步發展而成。

族群的議題是我們生活其中的感受，同時也被作家再現於文學作品之中。本書第三章探討臺灣文學之母鍾肇政小說中所再現的族群形象。藉小說文本指出，不同時代的文本，往往再現了時代的傷痕，也是我們對歷史進行反省的素材。族群的分類透露一個時代的族群關係，小說中的符碼選用往往也反映一個時代的族

群偏見，值得我們重新思考與定義。歷史通常是被書寫的文字，真實的歷史只能經由文字再現，而再現的往往又是被選擇的歷史。新歷史主義的批判即在於，一個時代的書寫集合，就是該時代的歷史，小說也是歷史的一部分。「虛」與「實」互為表裡，不可分割。

文本中的女性形象是有趣的主題，客家文學的女性形象建構也是研究者常探討的對象。本書第四章試圖從臺灣客家的現代詩及小說文本，歸納文學文本中的客家女性形象是如何被作家書寫與運用。性別在文本中的展演無處不在，而「女性」在文學傳統裡往往是被象徵的符號，香草美人的比喻、君子自比，或者用饑餓的女人形象寄寓家國之思。客家文學中的女性形象，在本書的概括有三類：勤苦犧牲而堅毅的形象、想望追求自由的形象、活潑具男子氣概的形象。這些形象暗示了女性主體在象徵秩序裡的各種存在，也是時代變化下多元社會的一種呈現。

本書最後兩章探討民間歌謠文學的兩類敘事，一是移民類敘事長歌，一是流傳廣遠的月令格聯章體歌謠。第五章討論並比較客家〈渡台悲歌〉與〈過番〉長篇敘事所描寫的移民結構與歷史記憶，渡臺與過番是早期不同族群的先民的集體記憶，本書就客家族群的部分進行討論與比較。在形式上，〈渡台悲歌〉與〈過番〉都是七言長篇且一韻到底，校稿本〈渡台悲歌〉有380句，2,660字，〈過番〉有253句，1,771字。在內容上，兩首都使用第一人稱敘事，只是〈渡台悲歌〉採取「士」階層讀書人的視角敘事，而〈過番〉則是「工」人階層的視角。兩首都在勸勿離鄉

渡臺或過番,而且這兩首敘事均以年輕男性爲主,透露移民的主要結構。在渡臺與過番的路線描寫部分,兩首都是走韓江流域,〈渡台悲歌〉的出發地是今廣東陸河一帶,主要描寫惠州府客家人的渡臺記憶;〈過番〉是從廣東嘉應州府出發,是嘉應州府客家人的共同記憶。

除了移民的歷史之外,民間歌謠中對古人古事的敘事總是廣爲流傳且歷久彌新,本書第六章選擇至今仍被流行歌曲翻唱的〈十二月古人〉,探討這一類月令格聯章的敘事傳統與異文取材。〈十二月古人〉是一首流傳在客家地區的小調,又稱爲〈剪剪花〉。經由異文整理校稿,我們確認了〈十二月古人〉每個月的歌詞內容,而此歌從正月到十二月,每個月歌詠一個重要的生命主題,從堅貞的愛情到忠孝節義的各類故事都有,其中關於後宮爭鬥(以妻替后死)及孝順(郭巨埋兒)的主題,頗有爭議,不建議再繼續傳唱。

本書探討客家作家文學與民間文學的許多重要主題。在客家作家文學的部分,本書探討客語新文學與還我母語運動的關係,分析客家文學所再現的族群、性別等議題,也討論了文學文本所逐漸重視的臺灣主體性。在客家民間文學的部分,本書深入析論客家渡臺及下南洋歌謠的歷史記憶及移民結構,並解析進入客家流行歌曲傳唱的傳統月令格聯章敘事〈十二月古人〉的敘事傳統與異文取材。這些探討成果希望能爲客家文學的研究提供一些參考,也期許能有拋磚引玉的功效,吸引更多對客家文學有興趣的研究者共同耕耘。

| 第一章 |

客語新文學與還我母語運動

　　還我母語是臺灣客家運動的開端，其影響遍及臺灣社會的各個層面。其中從還我母語延伸而來的母語書寫是值得探討的議題，也是當前重要的母語教育課題。本章探討臺灣還我母語運動與客語新文學三十年來的發展，除了前言與結語外，分別討論1988還我母語運動與其後「客家文學」研究的出現、「客家文學」與「客語文學」知識的形構以及文學獎與「客語新文學」的發展，並且介紹「客語新文學」的發表園地：《文學客家》、《台客詩刊》與中大《客家學院電子報》。

　　面對今日多元而紛雜、異質而焦慮的當代臺灣社會，「客語新文學」理應承繼五四新文學運動的精神，「我手寫我口」用自己的母語批判時代，見證歷史。「客語新文學」運動正是臺灣客家運動其中重要的一環。

一、前言

　　臺灣客家運動是臺灣自解嚴（1987年7月15日）以來非常重要的社會運動之一，也是臺灣民主化過程中代表多元文化主流觀點下的產物之一。臺灣客家運動的相關研究指出，1988年12

月 28 日由都會客家知識份子發起的「還我母語運動」，主要是爭取語言的發聲權，一種基本人權的卑微要求。這樣的發聲逐漸發酵，擴展到社會層次的認同議題，最後在政權輪替與選舉文化的催生下，進入到政治層面的政府機構的設立（徐智德，2005；陳康宏，2009；彭玉芝，2011；葉德聖，2012），逐步發展而形成今日蔚爲大觀的客家文化運動。

　　還我母語是臺灣客家運動的開端，其影響遍及臺灣社會的各個層面。其中從還我母語延伸而來的母語書寫是值得探討的議題，也是當前重要的母語教育課題。當前《國家語言發展法》的相關討論，則進一步呼應還我母語運動的訴求。臺灣客家運動的影響極爲廣泛，1988 年底的大遊行之後，客家思潮遍地開花，各大學校院陸續成立客家社，舉辦各種客家相關活動，尤其是客語課程的開設，幾乎是各大學客家社的必備活動，大學客家社在當時擔任傳承客家文化的重要任務。幾年後中央客委會成立，分別在中央大學、交通大學及聯合大學設立客家學院，藉由教育體制的建立傳承客家文化的基本結構逐漸成形。雖然各校客家學院的發展方向不一，學生的培養也各有千秋，卻是臺灣客家運動下非常重要的產物。只是相關的討論比較少論及還我母語運動與客語文學之間的關係，本文想試著補充並加強還我母語與客語新文學之間的論述。

　　就文學研究而言，「客家文學」這個用詞或命題的出現大約是在 1970 至 1980 年代之間（黃玉晴，2016：76-77），較爲熟知的引用是學者彭瑞金於文章中指出，作家張良澤於 1982 年 7 月接

受紐約「台灣客家聯誼會」邀請演講，演講中使用「客家文學」
這個詞彙（彭瑞金，1993：30），經由文學評論家彭瑞金先生的
傳播而廣為使用至今。

　　事實上，名詞的出現並不代表已為學術界探討，回顧文獻，
「客家文學」的研究是1988年底「還我母語運動」大遊行之後
才開始開展，關鍵活動是1990年由《客家雜誌》召開的「客家
文學的可能與限制」座談會，座談會由時任雜誌總編輯的羅肇錦
教授主持，參與討論的學者專家有：鍾肇政（作家）、林柏燕
（作家）、古國順（臺北市立師範學院語文系系主任）、范文芳
（新竹師院教授）、陳萬益（清華大學文學研究所所長）、梁景
峯（淡江大學德文系教授）、彭欽清（政大西語系副教授）、林
郁方（淡江大學美國研究所副教授）、涂春景（北市瑠公國中教
師）、陳國義（作家）、黃子堯（詩人）、徐正光（清華大學人
類社會研究所所長兼社長）、陳文和（《客家雜誌》發行人）。

　　該活動主題有三：一是從閩南文學、客家立場、外國文學來
看客家文學定義；二是文學與方言，方言文學在歷史上的現象；
三是客籍文學作家的創作背景與社會變遷問題（《客家》，1990
(2)：10-17、1990 (3)：58-66；黃子堯主編，1993：6-62）。座談
會與會的學者專家對「客家文學」各有看法，座談的同時也出現
「客語文學」、「客家語文學」的相關討論，這些討論至今仍有
參考價值。

　　「客家文學」與「客語文學」的討論，與當時臺灣社會對
「臺灣文學」與「臺語文學」的關注密切相關。有意思的是，原

本只是爭取語言自主的基本人權，發展爲文字符號主體性如何建立的一系列問題。政治意識形態的對立與族群之間的緊張關係似乎也在其中推波助瀾，弱勢群體的發聲始終必須自立自強。暫且拋開這些紛擾，單就「客家文學」與「客語文學」的內涵就可以有非常多的詮釋可能。本文試著從 1988 年「還我母語運動」與其後「客家文學」研究的出現開始論述，接著談論語言與文學之間的關係，然後分析「客家文學」與「客語文學」的內涵，進而詮釋「客語新文學」的發展過程，並探討「客語新文學」在精神上如何繼承五四新文學運動。

二、語言，有關係嗎？

語言，有關係嗎？2018 年客家電視台推出傳記式的電視劇《台北歌手》，14 集的電視劇將呂赫若的一生精彩重現，劇中的呂赫若從頭到尾使用流利的四縣客家話，事實上，呂赫若是一位不會說客語的學老客[1]，擅長日文。相較於 1980 年出品，李行導演的《原鄉人》所展演的鍾理和一生，當時秦漢主演的鍾理和說一口流利的國語（或稱華語、即現代標準漢語），而鍾理和其實是受日本教育讀漢文的美濃客語使用者。

1980 年代，國家推行國語運動正如火如荼，嚴禁方言的使

---

[1] 學老客，使用閩南語的客家人。「學老」是客語泛稱福建（尤指閩南）的人、事、物或語言，又寫作「福佬」、「福老」、「鶴佬」、「河洛」。

用：2018 年《國家語言發展法》通過，鼓勵各族群母語的使用。這些政策與觀點直接反映在影視文學作品的語言選擇。你說，語言，沒關係嗎？或許，大家可能比較能夠接受「客家文學」，但是「客語文學」有必要嗎？我想這個疑問已經由晚清客家大詩人黃遵憲回答過了：「我手寫我口，古豈能拘牽！即今流俗語，我若登簡編；五千年後人，驚為古斕斑。」（〈雜感〉節錄）

　　言（口語）與文（書面語）之間的關係一直是文學創作的嚴肅課題，而文學活動又與時代政治的脈動息息相關。在臺灣，「客家文學」與「客語文學」的探討，有其重要性與必要性。「客家文學」未必使用「客語」書寫，「客語文學」則一定要使用「客語」書寫，然而書寫符號的選擇仍有爭議，目前大部分的作品主要以「漢字」為書寫符號。究竟臺灣的「客家文學」與「客語文學」有什麼好探討的呢？又有什麼重要性與必要性？

　　眾所周知，只要提到客家文學或臺灣的客籍文學家，社會大眾心中浮現的作家名字大概是「倒在血泊中的筆耕者」鍾理和、「鐵血詩人」吳濁流、〈植有木瓜樹的小鎮〉龍瑛宗、「臺灣新文學之母」鍾肇政、「臺灣新文學之父」賴和、《寒夜三部曲》李喬，還有近幾年因為金鐘電視劇《台北歌手》而被重新認識的日本時代斜槓青年呂赫若、臺灣最早揭露白色恐怖歷史並且公開支持統一的報導文學作家藍博洲等等。

　　鍾理和的書寫符號選擇中文為主客語為輔，吳濁流、龍瑛宗、呂赫若使用日文書寫，鍾肇政及李喬以日文和中文為主，客

語及閩南語為輔,賴和則是以中文及閩南語書寫,李喬是「客學老」,呂赫若和賴和是「學老客」,賴和自述:「我本客屬人,鄉語逕自忘,戚然傷抱懷,數典愧祖宗。」這些作家大部分都經歷了日本統治的年代,血統未必純客籍,語言使用更是複雜多樣,政治認同各異,正如臺灣這塊土地的多元。除了這些大家耳熟能詳臺灣文學史上重要的客籍文學家與作品之外,「客家文學」還有哪些?

三、1988還我母語運動與其後「客家文學」研究的出現

1988年底的「還我母語運動」主要是由《客家風雲》[2]雜誌的成員發起,1987年由胡鴻仁、邱榮舉帶頭,以中國時報及自立報系為主要活動場域的知識份子胡鴻仁、鍾春蘭、邱榮舉、梁景峯、魏廷昱、黃安滄、陳文和以及民進黨的林一雄和中視的戴興明創辦了影響深遠的《客家風雲》雜誌(胡鴻仁口述,2018年5月14日)。隔年,籌組「客家權益促進會」,籌劃12月28日的「還我母語運動」大遊行,據林一雄先生口述,發起運動的緣起是《客家風雲》雜誌的幾個主要人物有一天一起看電視,看到蔣經國講話,他第一次用河洛話,對嘴的,大家就覺得怎麼沒

2　《客家風雲》:1987年創刊,自第24期改名為《客家雜誌》。

有用客家話，於是就開始籌備遊行，本來是「還我客家話運動」的，因為希望客家話上電視，後來為了兼顧其他族群才改為「還我母語運動」（林一雄口述，2018年4月9日）。

　　根據珍貴的歷史照片及相關文獻指出，這個運動的總領隊是邱榮舉教授，總指揮是省議員傅文政先生，林光華先生擔任總連絡人，約有1萬多人從臺北市國父紀念館出發，前往立法院，非常多的客家人站出來表達訴求：「全面開放客語電視節目；修改《廣電法》廿條對方言之限制條款為保障條款；建立多元開放的語言政策」。遊行過程不僅讓客家話被大家聽到，與「客家文學」直接相關的就是羅肇錦教授以客語公開誦讀他以客語撰寫的〈祭告孫中山先生文〉，文章提到：「出頭天，莫偷笑，莫偷笑，加憂愁。卅六年政府轉遷來臺，看佢等舊衫爛褲，無屋無樓，實在真見笑，無想到，佢等接收臺灣，強頒法令，相爭愛做頭，比起日本統治，親像以暴易暴，狐狸笑貓。」（部分用字根據教育部規範用字修改）全文用精煉傳神的客家話書寫，針砭統治者，文中還提到「二二八事件」及「推行國語運動禁止說方言」的歷史：

二月二八，假狗相咬，冤冤相報，搣到死死傷傷，疲爬極蹶，雞飛狗走，有家轉無實。　中山先生，在天之靈，定著有看著，佢等客人，毋只壓下仇怨，無去計較，反倒來用心學國語，乖乖納國庫，希望國家民主，希望臺灣進步。無想著，佢等嘴講民主，心肚有算盤。無幾久，大家就知中華民

國萬萬「稅」，總愛有錢袋。政府接辦教育，推行全面國語運動，學校肚不准講客話，廣播電台罕得有客話。有電視以後，情況還加嚴重，大家擘開目珠看著个就係電視，擘開嘴唇講出來个就係北京話，到今晡日，客家子弟，到學校到屋下講國語，出家門講學老，將自家个客家話攉淨淨。結果，阿公講話孫仔聽毋識，孫仔講話鴨聽雷，祖孫三代強強變別種人，這款危機，繼續下去，客家只有消滅一條路。（羅肇錦，1989：22）

這是非常重要的一篇客語散文，文中像日常口語的運用如「疲爬極蹶」，形容因心神不寧而不停的動或毛躁不安的樣子，或客家諺語的運用如「狐狸笑貓」，自己不行，還去笑別人差，這些語詞都非常自然地融入文章中。站在客語新文學的角度，此文以客語漢字書寫，優美而幽默並且直接針砭當權者，同時表達對客家語言文化消滅的憂心，是客語新文學非常重要的開端。

雖然運動過後逐漸有作家投入客語新文學的創作，不過較為學術界討論的是「客家文學」而非「客語文學」。從1990年初《客家雜誌》舉辦的「客家文學的可能與限制」座談會紀錄觀察，當時與會學者大部分都支持以中文為主體，將客語詞彙或多或少加入文章中的創作模式。1990年底「臺灣客家公共事務協會」（簡稱客協）成立，主要成員有鍾肇政、林一雄、黃子堯等人，此時期陸續出版了以「客家台灣」、「客家臺語」為題的選集，如鍾肇政選的《客家台灣文學選》第1集和第2集、龔萬

灶、黃恆秋編選的《客家臺語詩選》，從「客家臺語」就可以體會編著者對「臺語」的詮釋，鍾肇政先生為《客家台灣文學選》撰寫的序裡提到：「此處的『台語』，不用說是指台灣各族群的母語，即原住民語、福佬語、客語。」（鍾肇政，1994：7）客協成立後的幾年，似乎都在回應「台語」被福佬族群獨佔的議題。而這個敏感的討論，竟然延續了三十幾年，直至2017年的《國家語言發展法》各場次公聽會場合，仍在爭議「台語」究竟意指什麼。

自1990年開始，有許多探討「客家文學」定義的文章出現，《客家台灣文學論》一書便集結了1990年代學者們對「客家文學」的各種想像，試圖建構嚴謹的論述理據。其後研究鍾理和、吳濁流、鍾肇政、李喬、杜潘芳格等作家作品的研究者，都必須為「客家文學」下定義。相對於「客家文學」，「客語文學」在這個階段則較少被討論，不過，作家們受到「還我母語」的召喚，以客語創作的作品逐年出版，這前後十餘年間出版的客語作品整理如表1-1。

表1-1：1988年至2000年出版的客語作品

編號	出版年	作者	書名	語言使用	文類
1	1990	黃恆秋	《擔竿人生：客語詩集》	客語	新詩
2	1990	杜潘芳格	《朝晴》	中文、客語	新詩
3	1993	杜潘芳格	《青鳳蘭波》	中文、客語	新詩

編號	出版年	作者	書名	語言使用	文類
4	1995	李喬	《臺灣,我的母親》	客語	新詩
5	1995	龔萬灶、黃恆秋 編選	《客家臺語詩選》《客家現代詩選》	客語	新詩
6	1996	利玉芳	《向日葵》	中文、客語	新詩
7	1997	杜潘芳格	《芙蓉花的季節》	中文、客語	新詩
8	1998	范文芳	《頭前溪个故事》	客語	散文、新詩
9	1998	黃恆秋	《見笑花:黃恆秋客家台語詩集》	客語	新詩
10	1999	龔萬灶	《阿啾箭个故鄉》(與《有影》合刊)	客語	散文
11	1999	邱一帆	《有影》(與《阿啾箭个故鄉》合刊)	客語	新詩
12	2000	曾貴海	《原鄉‧夜合》	客語	新詩
13	2000	邱一帆	《田螺:客語詩集》	客語	新詩

資料來源:作者整理

　　從表1-1的初步整理可知,「還我母語運動」之後的十餘年間,作家陸續出版純客語的新詩和散文專著,其中新詩有7本,散文有1本,中文和客語各半的有4本(《阿啾箭个故鄉》和《有影》是合刊本,各以0.5本計算)。第一本純客語創作的新詩集是黃恆秋的《擔竿人生:客語詩集》,該書附有羅肇錦標注的客語音標以及特殊客語詞彙的注解。2001年行政院客家委員會成立(2012年改制為客家委員會),鼓勵出版客語專著,此後客語文學專著的出版逐年倍增。具備足夠的創作量後,「客語

文學」成為學術上必須討論的主題。單從研究的對象從「客家」文學轉變到「客語」文學觀察，顯示這十餘年間創作主體對於客語流逝的焦慮，使用「客語」創作遂成為召喚客家鄉愁的精神寄託。符號學（Semiotics; Semiology）及解構主義（Deconstruction）提醒我們，符號的能指（signifier）與所指（signified）之間的關係是浮動的，意指作用（signification）的過程帶有詮釋主體不同的前理解，究竟「客家文學」與「客語文學」知識形構的歷程如何？其內涵又是什麼？很值得我們仔細探討。

四、「客家文學」與「客語文學」知識的形構

　　知識論述的形成建構與特殊時空背景息息相關，「客家文學」這個名詞，彭瑞金認為是 1982 年由張良澤於紐約演講時提出（彭瑞金，1993a：30），直至 1990 年「客家雜誌社」邀請專家學者召開座談會討論「客家文學的可能與限制」（黃恆秋，1993：42-62），「客家文學」術語的使用以及相關論述在學者們的深入探討下，成為學術上重要的命題。「客家文學」的相關思考，顯然與 1988 年 12 月客家族群針對當時國家傳播沒有客家話而產生的「還我母語（客家話）運動」直接相關（王甫昌，2008：18-19）。回顧這三十年的發展，「還我母語（客家話）運動」是臺灣客家文化主體意識出現的象徵，開啟全臺灣「客家族群」的集體群族想像，逐漸形塑今日臺灣的客家想像共同體。事實上，運動前幾年發生的「美麗島事件」（1979 年 12 月 10

日）被學者視爲是臺灣本土意識與本土化運動開展的關鍵歷史政治事件（呂正惠，1992：56-60）。「美麗島事件」是鄉土文學發展的重要關鍵，文學與政治之間的微妙關係牽引著文學歷史的發展脈絡。

1970年代的「鄉土文學」論戰啓蒙了本土文學的相關論述，而臺灣意識高漲下的臺灣話文建構促使客家族群思考「客語」的位置，「客家文學」於是在鍾肇政、李喬、羅肇錦等幾位作家與學者的強烈論述下，逐漸成爲臺灣文學的新命題（王幼華，2008：291-296）。研究者指出：「不少學者認爲使用閩南話、或客家話、或原住民的語言，勢必將導致某種族群爲主的沙文主義，以及排外的作風，甚至將導致整個國家體制的崩潰，這乃是言過其實的說法。」（廖炳惠，1993：12）這些論述指出一部分人的想法，擔心多元會瓦解既有的秩序，更害怕殊性的突顯會解構共性的建立。即使沒有這些聲音，這些試著以母語書寫的文字論述，若想要透過現有的國家體制來尋找讀者也極爲不易，尤其文學創作的出版、獎助以及流通方式無不受國家文藝機構的支配及控制（廖炳惠，1993：12-13）。因此只要非國家文學便難以開展其豐富的生命歷程。基於此，我們必須建立一個清楚的觀念：「美國的英語不斷地吸收黑人的英文及其俚語，以逐漸擴大英語詞彙的活潑性及其表達的可能性。在各種母語逐漸互動的空間裡，文化並不會因爲某種本位主義而陷入隔閡的局面，反而會因爲互動而引伸了種種前所未有的可能性。」（廖炳惠，1993：16）開放而多元的社會將提供文學創作更多養分，臺灣自

解嚴開放以來，去中心（de-center）的努力正緩慢前行，「客語文學」挑戰的正是標準語（國語）中心以及次強勢語（學老話）中心的位置，開啓巴赫金（M. M. Bakhtin）所提示的一種眾聲喧嘩（heteroglossia）開放而多元的社會。

第一次政權輪替後，客家委員會於2001年的成立也扮演了關鍵性的角色，自客家委員會成立後，「客語文學」的討論與推廣逐年深化，用客語書寫標識了客家族群的集體焦慮。從「客家文學」到「客語文學」，論述的轉變透露客家知識份子對客語流逝快速的憂慮。「客家文學」在文學場域的討論裡屬於邊緣（中國文學／臺灣文學？）中的邊緣，我們從中國或臺灣文學史相關論著中對客家文學並未著墨即可想見，而「客語文學」似乎更為邊緣並讓人憂慮與畏懼。站在多元文化與語文發展的立場觀察，處於邊緣中的邊緣的「客語文學」事實上扮演傳承語言文化舉足輕重的角色。而「客語文學」中的「客語新文學」更與時代脈絡緊緊相扣。本文所使用的「客家文學」定義是最寬泛的，舉凡與客家相關之文學作品皆屬「客家文學」的討論範圍，因此「客家文學」包含客家人文學、具客家元素之文學、以客語創作之文學。「客語文學」的範圍則較為集中，必須是以客語為創作符號的文學作品才能稱之為「客語文學」。

只要使用客語思維的創作都可以稱之為「客語文學」，那麼「客語文學」可以包含客家傳統文學、客家民間文學、客語新文學以及客語流行歌詞等內容（黃菊芳，2015：49-62）。「客語」是承載客家傳統文化的重要載體，而非僅僅只是溝通的工具

而已。基於此，在國民政府戒嚴時期強勢推行國語運動成長的一輩知識份子，便積極思考如何運用客語傳承知識，並且成為語文傳承重要的工作之一，「客語新文學」的推動與發展與此密切相關。

五、客語文學有哪些？

只要使用客語思維以客語為創作符號的作品都可以稱之為「客語文學」，那麼「客語文學」可以包含客家傳統文學、客家民間文學、客語新文學以及客語流行歌詞、客家影視文學等內容。[3]「客語」是承載客家傳統文化的重要載體，而非僅僅只是溝通的工具而已。把傳統古典文學放在客語文學討論，主要的考慮是「客語」。傳統文人接受知識的管道是私塾，傳授漢文的老師用什麼語言教，學生就用什麼語言學。以臺灣的漢文傳授方式而言，各地都有教漢文的老師，閩南語使用區當然使用閩南語吟讀古文詩詞，客語使用區也就運用客語吟誦，至今依然。

在臺灣，客家詩社的創作文本不少，而桃園的「以文吟社」至今仍使用客語吟詩。古典文學作品展現在臺灣各客家地區的廟宇、涼亭的棟對、碑文記事。如果以作品的質與量觀察，吳子光（1819-1883）的古典散文和丘逢甲（1864-1912）的古典詩非常

---

3 關於「客語文學」的定義及相關論述，主要改寫自作者2015年發表之〈從吳子光的〈擬禽言〉論客語文學的承與傳〉一文。

具有代表性，吳子光弱冠來臺直至老死，丘逢甲臺灣出生終老祖籍地，生兒取名「念台」。這兩位是創作量極為豐富的客家傳統文人，吳子光有手抄本的《吳子光全集》傳世，內容博而雜，詩文兼俱；丘逢甲有《嶺南海日樓詩鈔》留下，主要是古典詩作。

　　這些傳統文學屬於作家文學，較為文雅。客語文學的幾個類別中，客家民間文學是口耳相傳的集體創作，因此是與客語最直接相關的一類。只要使用客語流傳的民間文學作品都屬於客家民間文學，目前可見的客語民間文學文本不少，包括傳統的啟蒙書籍和雜字類的書籍如《四言雜字》等，從近百年前羅香林（1928）蒐集的《粵東之風》客家民間歌謠，到近二、三十年來兩岸許多單位的採集成果，都可以觀察到客家民間文學的豐富：客家諺語、師傅話（歇後語）、童謠、令仔（謎語）、笑科（笑話）、故事……。

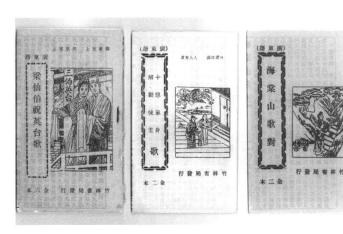

圖1-1：客家歌本封面舉例　　　　　　資料來源：黃菊芳掃描

除了學者及民間文史工作者記錄的文本之外，還有過去長時期在民間書局（如新竹的竹林書局）流傳販賣的閱讀歌本，以及客家戲曲傳唱的抄本等等。圖1-1及圖1-2選了三本客家歌本掃描，封面的「廣東語」其實是「客語」[4]。此外還有描寫傳統母親生育小孩的雜言體長歌〈渡子歌〉，以及記錄先民渡臺過程的七言長歌〈渡台悲歌〉。圖1-3是竹東黃榮洛先生收藏的手抄本首頁。〈渡子歌〉與〈渡台悲歌〉分別象徵了客家母親與父親的形象，是民間韻文敘事中的經典。

　　客家民間文學是口傳後的紀錄，是一種集體的創作，與作家嘔心瀝血的創作不太一樣。如果要論作家文學中最有客家元素的書寫，當推「客語新文學」。民國初年的五四新文學運動有其特殊的歷史背景，當時強調的「我手寫我口」其實是以現代標準漢語（北方官話）為基礎的書寫變革，從本文的視角觀之，幾乎可以將之視為是一場消滅母語的運動。至於「客語新文學」的發展則與中華民國在臺灣的語言政策相關，為了平衡過去國語政策的偏頗，於是用新文學的自由形式書寫母語。「還我母語運動」以來，有識之士無不憂心母語的流逝，政權更迭，加速了政策本土化的速度。

　　書面文學作品有意識地以客語創作的文類首推客語新詩，首位創作客語新詩的作家是女詩人杜潘芳格，第一本客語詩集是黃

---

4 在臺灣早期刊印的客家歌本標示的「廣東語」，其實際書寫文字是「客語」。「廣東人」通常意指「客家人」，日本時代官方也如此使用。

圖1-2：客家歌本內頁舉例　　　　資料來源：黃菊芳掃描

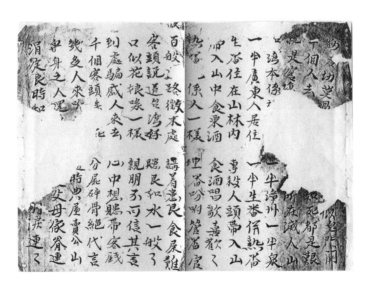

圖1-3：黃榮洛收藏〈渡台悲歌〉首頁　　資料來源：黃菊芳掃描

恆秋的《擔竿人生：客語詩集》，邱一帆、張芳慈、利玉芳、曾貴海等人都有佳作。客語散文與小說的創作於近年來的客語文學獎推動下有逐漸蓬勃的跡象。以「臺灣文學獎」金典獎的得獎作品為例，2009 年是客語新詩：劉慧眞〈歷史講義〉；2012 年是客語散文：張捷明〈濛沙煙行過个山路〉；2015 年是客語短篇小說：葉國居〈看毌到个田〉；2017 年是客語短篇小說：曾俊鑾〈頭家娘个選擇〉，這些得獎作品融合精煉的客語與文學技巧，展現客語書寫的細緻與精美。

　　小說使用純客語表達並不容易，而且有市場考量，因此創作者少，大部分作家會選擇以中文敘述，使用客語對話的寫作方式，李喬、甘耀明、高翊峯都是這方面的高手。曾獲第一屆（民國 89 年）寶島小說獎佳作、2000 年吳濁流文學獎高翊峯的〈石塌媽媽〉的對話這樣寫：「無使無使！交手亂竄！妳不嗐當累！先去睡一下目。等飯好食哩，我會喊妳。」（高翊峯，2000：204）另有一段文字這樣寫：

> 我再次走到石頭娘娘的面前，儘可能排除雜思地虔誠冥想，對照著阿姨的方式開始膜拜。合十、捻手、舉臂、閉眼。在閉眼的同時，我想起從前被教導的膜拜語，用嘴巴拿捏著無聲的、生疏饒舌的客家話：
> 「石塌媽媽。我名按兜陳雅惠。屋家待兜蟠桃里松竹路七十五號介玫瑰新村。我拜妳做媽媽，希望妳作得保佑咱屋家介爸爸媽媽姊姊弟弟健康平安！」（高翊峯，2000：219）

作者在收錄這篇得獎小說《家，這個牢籠》（2001）的自序中這麼說：「出版它的勇氣和想要讀完它所需的耐力，是等量的。」（高翊峯，2000：1）可見用母語寫小說需要多大的勇氣，但無疑地，要接近小說中人物的真實生活，唯有使用他們使用的語言。筆觸幽默善於諷刺的甘耀明，在《殺鬼》的構想與撰寫過程中一度想要全部使用客語書寫，歷經大病一場，最後才改為現在被中時開卷譽為2009年「年度最有創意的小說」，真實歷史、民間故事雜揉多語的呈現，讓《殺鬼》的魔幻寫實搭配搞笑詼諧反諷的文字讓人讀來百感交集：「他（劉金福）閉嘴，伸直脖子，起身握拳頭的說：『憑著我和國父共樣是客家人的血脈，我發現三民主義的大道理，就是每件事由三個人鬥嘴決定，親像三隻公雞相打。』」（甘耀明，2009：263）對話沒有完全使用客語，但是有些詞彙很客語：「共樣」（一樣）、「親像」（好像）。是否使用客語是小說家的選擇，小說家必須有這個語言的成長背景，才能純熟細膩地運用這個語言於書寫中，突顯人物的風格特色。

客語流行歌詞是「客語文學」非常重要的一部分，雖然客語流行歌詞有不少直接翻唱客家民間歌謠，或對民間歌謠的改編，例如最早由吳盛智重新編曲、呂金守採譜補詞的客家民間歌謠〈問卜〉、〈摘茶歌〉、〈桃花開〉等等。當然如果從創作的角度觀察，較早並且最具有代表性的應該是1981年8月發行的《無緣》專輯裡，由吳盛智編曲，呂金守作詞的〈無緣〉，其歌詞內容如下：

今夜月光特別圓　　特別圓
想起往事眞怨嘆　　斷情又一年
今日何苦恁冷淡　　越想心越冷
心事重重講不完　　講不完
男人立志出鄉關　　何必添麻煩
昔日戀情已經淡　　看破無彩工
流浪四海過自然　　過自然
莫爲愛情來刁難　　打拚正有影
管佢對我恁冷淡　　總講偲無緣
管佢對我恁冷淡　　總講偲無緣

在「還我母語運動」之前大紅大紫的客語創作歌曲〈無緣〉（北四縣），歌詞內容描寫男女感情的無奈，在當時紅極一時。此現象說明客語書寫其實並非沒有市場，只可惜吳盛智早逝，沒有辦法延續創作能量，使客語歌壇沉寂了好一陣子。吳盛智與呂金守合作創作的客語流行歌開風氣之先，開啓當代客語流行歌創作的風氣。「還我母語運動」之後，帶動臺灣社會各族群主體性的反思，更引領了客語流行歌詞創作的繁榮現象。繼吳盛智之後，新寶島康樂隊黃連煜的創作（北四縣）、硬頸暢流樂團（羅國禮）（北四縣）、陳永淘（海陸腔爲主）、交工樂隊（林生祥）（南四縣）、顏志文（南四縣）、謝宇威（海陸腔爲主）、羅思容（北四縣）、劉劭希（大埔腔）等等都有經典作品，不同腔調的客語流行歌詞百家齊鳴，好不熱鬧。

客家影視文學也是一塊不可忽視的領域，這幾年在客家委員會及客家電視台的努力下，出現不少具市場及口碑的客語影視作品，其中不少是文學原著改編的作品。以2018年的作品為例，高翊峯短篇小說〈烏鴉燒〉同名改編電視電影《烏鴉燒》，書寫不上不下青黃不接的人生苦澀，有別於客家電視台前幾年拍攝《一八九五》的歷史鉅作，顯得更貼近當代客家、都市客家。傳記式的電視劇《台北歌手》，將呂赫若的一生精彩重現，並且改編六部呂赫若短篇小說入劇，劇中的呂赫若從頭到尾用流利的四縣客家話對話，事實上，呂赫若是一位不會說客語的「學老客」。相較於1980年出品，李行導演的《原鄉人》所展演的鍾理和一生，當時秦漢主演的鍾理和說一口流利的國語，而鍾理和是受日本教育讀漢文的美濃客語使用者。這些影視作品不僅重現了文學家與文學作品，更銘刻了不同時代的觀點，值得深思。

六、文學獎與「客語新文學」的發展

　　政府部門所舉辦的文學獎，是「客語新文學」發展的重要推手，相關的文學獎非常多，例如教育部的「閩客語文學獎」、國立臺灣文學館舉辦的「臺灣文學獎」、客委會舉辦的「桐花文學獎」、屏東縣政府客家事務處舉辦的「六堆大路關文學獎」，甚至教育部的「客家語朗讀文章」徵稿以及中央大學客家學院舉辦的校內「中大客語文學暨客語歌曲創作獎」，皆扮演推動「客語新文學」重要的角色，以下分別舉例討論。

教育部「閩客語文學獎」於2008年開始舉辦，區分教師組、大專校院學生組、社會組，文類有新詩、散文、小說戲劇，各錄取前三名及佳作數篇。隔年2009年則區分教師組、學生組及社會組，文類分現代詩、散文、小說三類，各僅錄取前三名。此後每兩年舉辦一次，2011年、2013年、2015年、2017年、2019年、2021年、2023年，至今共舉辦九屆。第一屆至第八屆的得獎作品共計294篇。

　　國立臺灣文學館於2005年開始，每年固定舉辦「臺灣文學獎」，前三年均為中文書寫作品，2008年出現「本土母語創作台語小說金典獎」，2009年出現「本土母語客語新詩金典獎」，2010年出現「原住民漢語報導文學金典獎」，表1-2整理歷年客語得獎作品與作者。「臺灣文學獎」將「台語」等同於「閩南語」，本文深感不安。

表1-2：臺灣文學獎客語新文學得獎作品與作者整理

編號	得獎年份	作品名稱	作者	得獎類別
1	2009	〈歷史講義〉	劉慧眞	創作類 本土母語客語新詩金典獎
2	2012	〈濛沙煙行過个山路〉	張捷明	創作類 客語散文金典獎
3	2015	〈看毋到个田〉	葉國居	創作類 客語短篇小說金典獎
4	2017	〈頭家娘个選擇〉	曾俊鑾	創作類 客語短篇小說金典獎

編號	得獎年份	作品名稱	作者	得獎類別
5	2018	〈kodama 庄最尾正徙走个人家〉	謝錦綉	創作類 客語散文金典獎
6	2019	〈牆系列組詩〉	張芳慈	創作類 客語新詩創作獎
7		〈送分 ngaiˇ 故鄉个泥肉〉	王倩慧	
8	2020	〈啞伯个田〉	林彭榮	客語文學創作獎 小說
9		〈1945・問仙〉	張捷明	
10		〈無・在〉	傅素春	客語文學創作獎 新詩
11	2021	〈疫情時節 講「發」字〉	黃秋枝	客語文學創作獎 散文
12		〈蹶上城門个叭哈花〉	王興寶	客語文學創作獎 新詩
13		〈月曜日个月臺崎退岸——0.000000001s〉	廖育辰	
14	2022	〈鬼貓仔〉	王興寶	客語文學創作獎 小說
15		〈講眞話〉	吳餘鎬	
16		〈跈龍〉	謝明瑾	客語文學創作獎 新詩
17	2023	〈打拳頭〉	張郅忻	客語文學創作獎 小說
18		〈永久个頭擺〉	何志明	客語文學創作獎 散文
19		〈老相館〉	何卿爾	客語文學創作獎 新詩

資料來源：作者整理

　　從表1-2的整理可知，在2017年以前，「臺灣文學獎」並非每年都有客語的獎項，而是與閩南語、原住民語輪流徵文。得獎的作品也並非各文類都有，2023年是第一次「小說」、「散文」及「新詩」各有一篇客語的得獎作品。

　　2000年中華民國第一次政黨輪替，2001年行政院客家委員會成立，2010年客委會舉辦第1屆「桐花文學獎」，至今已舉辦

8屆。第1到3屆並未區分使用的語言，第1屆35篇得獎作品中，僅3篇是客語新文學（新詩、小品文、散文各1篇），2011年第2屆34篇得獎作品中有4篇客語新文學（新詩3首、散文1篇），2012年第3屆35篇得獎作品中有5篇客語新文學（新詩及小品文各1篇、散文2篇、短篇小說1篇）。「桐花文學獎」從第4屆開始區分一般類和客語類，因此客語新文學的得獎作品大增，第4屆40篇得獎作品中有14篇客語新文學（新詩7首、小品文7篇），2014年第5屆30篇得獎作品中有14篇客語新文學（新詩5首、散文5篇、短篇小說4篇），2015年第6屆28篇得獎作品中有13篇客語新文學（新詩4首、散文5篇、短篇小說4篇），2016年第7屆30篇得獎作品中有15篇客語新文學（新詩5首、散文5篇、短篇小說5篇）。「桐花文學獎」從2013年開始，國語與客語的得獎作品不再相差懸殊。「桐花文學獎」目前已停辦。

苗栗縣的「夢花文學獎」創辦於1998年，不過要到2011年第14屆的「夢花文學獎」才增加「母語文學」這一類，每年錄取約百篇文章，客語創作的得獎作品每年約2-4篇左右。「夢花文學獎」的母語文學獎增設至2018年的八年時間裡，客語創作的總得獎作品不到30篇。屏東縣政府客家事務處於2014年舉辦第1屆「六堆大路關文學獎」，區分華語及客語現代詩、小說兩類，由於找不到第1屆的資料，根據《第二屆六堆大路關文學獎作品精選集》，得知第2屆錄取現代詩8首、小說2篇。

2002年臺北市「臺北市政府客家事務委員會」成立，2015

年舉辦第1屆「後生文學獎」，投稿者限制40歲以下，其中小品文、散文和短篇小說都是以華語創作，只有詩是客語創作，每屆約錄取5篇，1到3屆共計錄取15首客語新詩。此外，這兩年「臺中文學獎」也增加「母語類」的獎項，還有教育部自2011年開始為符合全國語文競賽實施要點之競賽宗旨，加強推行語文教育，活化客家語學習與應用，並擴大參與對象，因而舉辦的「客家語朗讀文章」徵稿活動，也促進了客語新文學的發展。2017年開始，中央大學客家學院舉辦校內的「中大客語文學暨客語歌曲創作獎」，至今已舉辦四屆，為客語新文學的向下扎根而努力。

這些文學獎的持續舉辦，有助於客語新文學的發展，當然也為客語的傳承與客家文化的保存盡了非常大的心力，在「還我母語運動」三十多年後的今天觀察，更顯得意義深重，並且值得鼓勵。

七、「客語新文學」的發表園地

客語新文學的創作必須有發表的園地，才能逐漸茁壯、成長。其實很多作家都直接出版客語創作的專書，出書就是一種發表的形式，除了出書之外，客語的創作也有發表的園地，以下列舉《文學客家》、《台客詩刊》及《客家學院電子報》為例探討。

（一）《文學客家》

　　民間最早創辦的純粹客語發表刊物是由黃子堯、邱一帆等人創辦的《文學客家》季刊，2010年1月創刊，至2018年已發行32期。《文學客家》發行32期以來，所發表的具名的客語作品有888篇，共計253位創作者，32期中有作者發表了38篇作品，也有不少僅發表1篇的作者。這32期共出現25類的文章：詩歌、專題、散文、童詩童畫、小說、評論、兒童詩展、謠諺、作品合評、短劇、戲劇、少年文學、故事、故事童話笑話、童詩童謠、童謠兒歌、兒歌童話、童詩兒歌、故事笑話、童話、童詩童話、報導、兒童詩、活動報導、詞曲，有不少類其實可以合為一類，例如童詩童謠兒歌等，本文根據1-32期所分類的文章統計總文章數如圖1-4。

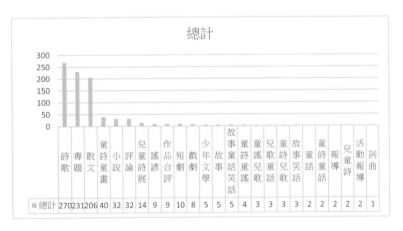

圖1-4：《文學客家》分類文章統計圖　　　　資料來源：作者整理

圖1-4顯示，「詩歌」、「專題」及「散文」是發表最多的三個類，「專題」通常有詩也有散文，但以散文居多，如果暫不把「專題」列入討論，那麼「詩歌」270篇的篇數最多，其次是散文的206篇。253位創作者中，發表超過15篇的作者有：邱一帆38篇、江昀36篇、徐貴榮28篇、張捷明25篇、黃永達22篇、馮輝岳20篇、李源發18篇、林昀樺18篇、涂瑞儀18篇、彭歲玲18篇、王興寶17篇、黃恆秋16篇、徐清明15篇。有不少作者經常參加客語文學獎也常得獎。

（二）中大《客家學院電子報》

　　國立中央大學客家學院電子報是由客家學院發行的電子刊物，自2004年創刊至今已將近二十年，原則上固定每個月發行兩次，於1號、15號發刊。電子報內容方向多元，除了展現學院風貌、分享學術成果外，同時也向專家學者邀稿，撰寫專欄，並開放民眾投稿。2015年2月開始，中大《客家學院電子報》新增客語文章的聲音檔，讓讀者除了閱讀客語書寫的文章，也可以聽得到作者的聲音。

　　因應數位時代的多元媒體形式，中大《客家學院電子報》於2018年開始進行改版，提升線上閱覽品質。為鼓勵年輕學子使用客語創作，展現年輕世代對傳承客家語言文化的創意，除了過去的文字書寫和客家語音呈現外，電子報逐年增加不同體裁的客語作品。學生們發揮所學與巧思，透過拍攝客家影片、繪製圖文並茂的客語插圖等形式創作，藉此豐富電子報內容，吸引不同群

體讀者點閱並陸續增加以客語書寫的文章篇數，鼓勵以客語書寫文章，並錄製書寫者不同腔調的客語音檔，讓讀者在閱覽客語文章的同時也可以聆聽音檔，學習客語，是推廣與傳承客家語言文化的重要刊物。

（三）《台客詩刊》

除了《文學客家》及中大《客家學院電子報》之外，還有《台客詩刊》，至今已發行33期。該詩刊是由劉正偉於2015年6月10號創辦的「台客詩社」所出版，詩社的指導教師有莊華堂、張捷明等人。詩社定期出版的季刊《台客詩刊》，每期約有1/3的作品是客語創作。

文學雜誌的創辦極為困難，期許《文學客家》、中大《客家學院電子報》及《台客詩刊》能持續堅持發刊，讓有志於客語新文學創作的作家有發表的舞台，也讓優美的客語能夠永續傳承。

八、結語

本文將1988年的「還我母語運動」大遊行於國父紀念館宣讀的〈祭告孫中山先生文〉視為「客語新文學」的開端，至今，客語新文學運動已經超過三十年。回顧歷史，一個世代的變化不可謂不大。如果單就研究而言，在臺灣，客家／語文學的相關研究從「還我母語運動」開始醞釀至今，也已經有超過三十年的歷史，這個客家／語文學自覺的路仍在進行中。

「客家文學」在文學場域的討論裡屬於邊緣中的邊緣，而「客語文學」似乎更爲邊緣並讓人憂慮與畏懼。站在多元文化與語文發展的立場觀察，處於邊緣中的邊緣的「客語文學」事實上扮演傳承語言文化舉足輕重的角色。而「客語文學」中的「客語新文學」更與時代脈絡緊緊相扣，體現了一代人的語言鄉愁。

　　「客家文學」與「客語文學」的探討，豐富了「中國文學」及「臺灣文學」的相關論述，而族群主體與本土認同的議題，客家文學顯然有其獨特與重要性。面對今日多元而紛雜、異質而焦慮的當代臺灣社會，「客家／語文學」中的「客語新文學」理應承繼五四新文學運動的精神，「我手寫我口」，用自己的母語批判時代，見證歷史。事實上，「客語新文學運動」正在進行中，這個運動不僅承繼還我母語運動的精神，同時也是臺灣客家運動的其中重要一環。

第 二 章

客家文學中的族群與臺灣主體性敘事：
《殺鬼》及《邦查女孩》

　　本章主要討論客家文學中的族群與臺灣主體性敘事，以客籍作家甘耀明的長篇小說爲例探討。文學論述自1987年解嚴以後，出現了以臺灣爲主的「臺灣意識」論述，相較於傳統「中國中心主義」的研究，學術界顯得百花爭鳴。文學領域在形成新的想像共同體「臺灣」的過程中，「中國文學」與「臺灣文學」的討論與抗衡，成爲文壇有意思的現象。「客家文學」在「中國文學」與「臺灣文學」的論述夾縫中成長茁壯，有賴臺灣近年來的多元文化共識滋養。「多元文化」似乎隱含著政治意識形態的爭辯，在這個思維下，「客家文學」與「原住民文學」的討論益顯重要。

　　我族與他者之間的歷史共識是一種集體知識的生產，人們對過去的詮釋或者可以是其對未來想望的一種象徵。從研究的視角觀察，研究者想分析文本中的族群文化符號是如何被作家所想像與再現。這些被再現的族群符碼及記憶充斥在不同的文本中，這些記憶是如何透過社會實踐的方式被傳承與再造，值得深入討論。本章探討解嚴後被譽爲千面寫手甘耀明的《殺鬼》及《邦查女孩》這兩部長篇小說中的族群與臺灣主體敘事，藉以說明臺灣社會民主化過程中，文學文本中的族群敘事與時代脈絡之間的關

係。

一、前言

　　臺灣社會解嚴後至今所逐漸形成的「多元文化主義」（multiculturalism）共識，影響了臺灣知識建構的方方面面。政治面的多元，展現在各個領域，其中於2019年1月9日總統公布施行的《國家語言發展法》，是非常直接的影響。文化及社會層面的多元則隨處可見，如果以1987年解嚴為界，解嚴前臺灣社會的一元專制，相較於解嚴後的多元並存眾聲喧嘩，臺灣社會的發展方向正朝向繽紛多彩的道路前行。展現在文學創作，則是不同族群的多音交響。

　　關於族群的文學文本俯拾皆是，單就選集觀察，受1987年解嚴及1988年「還我母語運動」影響，1994年鍾肇政主編《客家台灣文學選》2冊，從書名「客家台灣」可知編者以「客家」為中心的思維。2003年孫大川編選7大冊《臺灣原住民族漢語文學選集》，有小說、散文、詩歌、評論等類，是原住民族以漢文書寫的重要選文。2004年李喬、許素蘭、劉慧真編《客家文學精選集：小說卷》、李喬編《台灣客家文學選集》，均以客家族群為名編選集。

　　2004年由王德威及黃錦樹編選出版的《原鄉人：族群的故事》，該書選錄14篇不同族群的敘事，閩南、客家、原住民、外省、馬華等敘事視角各異的短篇文本，讓讀者體會臺灣族群的

多元與認同的複雜，是成功的選文，將「馬華文學」選入也是該書精彩之處，突顯臺灣有眾多具備書寫能力話語權的馬來西亞新住民。2004年還有蘇偉貞編《臺灣眷村小說選》、齊邦媛、王德威編《最後的黃埔：老兵與離散的故事》等與外省族群相關之選集。

　　解嚴後十年內出現的多樣性族群書寫選集並非偶然，臺灣文學／客家文學／原住民文學命題的出現，無不挑戰了「中國文學」的正當性。2004年的總統大選是族群撕裂的開始，也是族群對話的開始，政治上的族群動員與文學選集之間的互動，是一個有意思的社會現象，值得探討。移民文化為建立自我族群合法性而訴諸的排他原則：學老人、客家人、漳州人、泉州人、本省人、外省人等等的標籤化命名，在在顯示有形無形資源的相互競爭。詹明信（Fredric Jameson）的「政治無意識」（The Political Unconscious）提醒我們，文學文本是社會集體無意識的象徵性行為，人們會經由各類「文本」建立與形塑他我關係，與這個世界對話。「新歷史主義」（New Historicism）則建議讀者可以分析各類文本中的歷史建構與族群想像，「歷史」不再是官方的一元敘事，而是多族群多文本的多元敘事，我族與他者之間的歷史記憶與共識，其實是一種集體知識的生產。

　　解嚴前後的客家作家，他們的書寫中展現了哪些作家所處時代的族群關係，虛構與真實之間，文學敘事中的政治無意識又向我們訴說了些什麼？書寫通常是作家反映時代的符號，閱讀則是讀者反思時代的詮釋。做為對這個時代的負責任讀者，我們應該

如何詮釋文學作品中的族群象徵？不同時代的不同寫手爲我們展示了哪些值得深思的時代課題？身處其中的我們，是否能夠簡單地以讀者自處，或者，我們就是作者，重寫了這個時代的族群故事。本章集中探討解嚴後被譽爲千面寫手甘耀明的《殺鬼》及《邦查女孩》這兩部長篇小說中的族群與臺灣主體性敘事，藉以說明臺灣社會民主化過程中，文學文本中的族群敘事與時代脈絡之間千絲萬縷的關係。

二、文學文本中的族群書寫

文學論述自1987年解嚴以後，出現了以臺灣爲主的「臺灣意識」論述，相較於傳統「中國中心主義」的研究，學術界顯得百花爭鳴。在形成新的想像共同體「臺灣」的過程中，「中國文學」與「臺灣文學」的討論與抗衡，成爲文壇有意思的現象。在「臺灣文學」逐漸放大而「中國文學」逐漸縮小的過程中，「多元文化」的共識似乎隱含著政治意識形態的爭辯。「多元」是立基於「中國國族」還是「臺灣本土」的想像，這個問題與「認同」息息相關。文學文本中的族群書寫也是如此，臺灣歷經日本時代的殖民經驗以及部分研究者定義的國民政府再殖民的歷史，「認同」的問題一直是文學作品中的主要素材，也是知識份子不能迴避的主題。臺灣民主化之後，後殖民的探討一直是各領域的重點，然而面對「2030雙語國家政策」的相關規則，且不論這個願景與《國家語言發展法》的通過有多大的矛盾，臺灣未來要

挑戰的似乎是自我殖民的荒謬情境。

　　過去的研究指出，文學史撰述的「中國史觀」與「臺灣史觀」的對立，其實突顯「族群認同」與「民族認同」是「被建構」（constructed）出來的集體認同（蕭阿勤，2012：335）。1980及1990年代文學、語言及歷史等作家、學者們，在建構臺灣國族特性以及形塑與「中國性」相對立的「臺灣性」的過程中，「語言」的使用成為工具之一。相關研究也已經點出，這些討論「仍舊是漢人中心的國族敘事，所謂的中國史觀或臺灣史觀的論述脈絡，仍難逃脫政治上新統治者的歷史重構過程的一種新正統敘事，為的是讓統治合理化。」（黃菊芳，2021：333-334）當「新正統敘事」成為論述中心後，「邊緣」如客家、原住民文學的挑戰便接續出現，成為文學論述的眾聲喧嘩。

　　學界關於族群敘事的研究不少，單就與本章直接相關的文獻觀察，2002年陳芳明《後殖民臺灣：文學史論及其周邊》一書，從後殖民觀點探討臺灣作家的歷史記憶再現，作家的族群及性別不同，視角自然各異。2006年陳國偉的博士論文《解嚴以來（1987～）台灣現代小說中的族群書寫》，探討1987至2005年間臺灣現代小說中的族群書寫，集中討論福佬、客家及外省三個族群的書寫主題，該文用「臺灣中心性的建構」框架福佬族群作家的後殖民書寫，用「從邊緣傾向中心」概括客家作家所強調的在場性書寫，用「邊陲化焦慮與精神流亡」定義外省族群的空間化書寫，該論文的結論指出：

解嚴之前，國民政府如何在臺灣統治的四十年之中，在不同的族群身上製造了迥異的生活經驗、空間感受，以致於生產出不同的歷史經驗，而讓各族群擁有了不同的族群集體記憶。而唯有當我們以「複數的歷史」的概念，如此三個族群才能各自保有他們的主體，以及對於歷史的感受，而不至於必須衝突、爭鬥而只能有一個存活。（陳國偉，2006：321-322）

　　從結論可見該文作者對臺灣族群關係的善意期待，「複數的歷史」指的是新歷史主義所強調的小歷史，也就是有別於過去以正史為標準的大歷史敘事，強調歷史是斷裂的而非直線發展的過程。該論文整理出這些不同族群身分的作家作品雖然立場各異，卻處理了一些共同的議題：對臺灣歷史的態度、語言的保存、故鄉的書寫。雖然處理了共同議題，基於不同的歷史再建構，不同族群所建構的臺灣歷史經驗迥異，讓研究者不禁感嘆：「不論是『見證』或是『想像』、『附魔』或是『缺席』，歷史如同一面鏡子，映照出不同族群在過往歲月中，迥然不同的生命史，……，新『共同體』的建立，或許還有好長的一條路要走。」（陳國偉，2006：322）歷史是不是鏡子，視擁有權力的在上位者如何對待，文學文本中所探討的議題總是權力運作下的生命百態，「共同體」是在不同時空脈絡下的不同群體共同的創作與想像，其中必然牽涉到共同的「利益」。

　　相較於2006年以前的創作糾結於過往歷史的傷痕，2006年

以後的新世代說故事的人，從不同的視角書寫上一輩的歷史。2020年詹閔旭發表的〈重構原漢關係：臺灣文學裡原住民族、漢人移民與殖民者的跨種族接觸〉一文的研究指出，甘耀明的《殺鬼》（2009）與李永平《大河盡頭》（2008）呈現出更為複雜的漢人對原住民的贖罪意識，作者認為「這兩本二十一世紀初的小說把原漢關係置放在全球殖民帝國主義大舉擴張的時間點，思考西方／日本殖民主義、華人移民、原住民族三方的跨種族接觸，有助於重構臺灣文學裡的更為繁複、多元的原漢關係框架。」（詹閔旭，2020：75）甘耀明出生於苗栗獅潭，是客籍作家，李永平出生於馬來西亞砂拉越，也是客籍作家，他們以相對弱勢的族群身分書寫出全球視野下的族群關懷與詮釋。

換句話說，有別於解嚴（1987）前後二十年間漢人作家相繼書寫臺灣社會向原住民「贖罪」的文本，近二十年來的文本書寫將視野放到更大的全球化角度探討，提供殖民語境下的族群互動新觀點，讓臺灣社會反思無所不在的歧視與理所當然。蔡林縉於2021年的〈新南方論述：《邦查女孩》與定居殖民批判〉一文指出，甘耀明2015年出版的《邦查女孩》，其書寫策略將臺灣自身建構為一種新的「南方論述」，該文認為甘耀明通過對重層殖民歷史的批判書寫，而與全球性的南方論述形成對話與互動，以對抗歐陸都會中心所產生的社會學理論所隱含之「北方性色彩」。這個閱讀強調以「南方」為中心，目的在建構新的主體，形成「南方性色彩」論述，以對抗多數文本或者學術視角中的「北方中心」，是一種「東方主義」（Orientalism）（薩伊德，

1999）式創意閱讀，立場鮮明。

　　探討文學作品中的族群關係較早的論文，有些從跨族群文本的比較出發，談不同族群所書寫的同一時間軸的大河小說之間的異同，討論認同的問題，例如1994年王淑雯的碩論《大河小說與族群認同：以《臺灣人三部曲》、《寒夜三部曲》、《浪淘沙》為焦點的分析》。還有探討女性不同族群作家的書寫策略，例如1998年曾意晶的碩論《族裔女作家文本中的空間經驗：以李昂、朱天心、利格拉樂‧阿烏、利玉芳為例》及2002年蔡淑芬的碩論《解嚴前後臺灣女性作家的吶喊和救贖：以郭良蕙、聶華苓、李昂、平路作品為例》。

　　整體而言，文學文本中的族群書寫隨著時間的推移，自然會呈現不同的風貌，本章選取解嚴後被譽為千面寫手甘耀明的《殺鬼》及《邦查女孩》長篇敘事，探討新生代臺灣客籍作家對臺灣歷史與族群的思考與再建構。甘耀明是臺灣文學界取得不錯書寫成績的客籍作家，自第一本《神祕列車》出版至今，學術界對甘耀明作品的興趣有增無減，光就題目直接有作者或書名的論文就有19種之多[1]，顯見甘耀明著作的重要性。本章想藉作家充滿族

1　楊孟珠（2004）〈歷史記憶的神祕列車，永無終站？：試論甘耀明之新生代作家迷態癥候〉，吳紹微（2009）《臺灣新世代作家甘耀明、童偉格鄉土小說研究》，戴冠民（2010）〈族群、世代的錄鬼簿：談甘耀明《殺鬼》之庶民認同混聲圖像〉，羅慧娟（2012）《甘耀明小說研究：以2011年前的作品為探討範圍》，舒懷緯（2013）《論甘耀明《殺鬼》的後鄉土書寫》，朱立雯（2013）《後鄉土小說的歷史記憶：以吳明益《睡眠的航線》及甘耀明《殺鬼》為例》，饒展彰（2014）《甘耀明新鄉土小說中的死亡書寫研究》，陳秀珍

群書寫的長篇文本《殺鬼》（2009出版，約30萬字）及《邦查女孩》（2015出版，約42萬字），探討客籍作家的書寫策略及族群關懷，並以臺灣相對弱勢的客家出發，分析客籍作家所書寫和再現的臺灣族群圖像。

三、《殺鬼》建構的漢人男性臺灣主體意象

《殺鬼》的敘事背景設定在1940年代的臺灣，書寫太平洋戰爭爆發到二二八事件前後在關牛窩（位於苗栗山區）發生的故事。甘耀明自己說明「關牛窩」的位置設定：

> 關牛窩是我小時候的冒險地，它範圍約十幾座山，由墳墓、果園、森林與鬼怪傳說組合。我常在那出沒，很多地方沒深入，多少是孩童時的害怕。翻過關牛窩就是祖母的娘家，那

（2015）《甘耀明小說《殺鬼》的鄉土、歷史與美學風格》，黃美惠（2015）《甘耀明《殺鬼》中的臺灣原住民神話研究》，張琬茹（2016）《少年的自我療傷：甘耀明《殺鬼》少年圖書改編》，薛鈞洪（2017）《族群、性別與生態：《邦查女孩》動植物意象分析》，劉亮雅（2018）〈重返1940年代臺灣：甘耀明《殺鬼》中的歷史傳奇〉，劉昭延（2018）《甘耀明小說的歷史與鄉土書寫研究》，陳震宇（2019）《世代、性別與族群交織的成長之路：甘耀明《殺鬼》與《邦查女孩》之比較研究》，林淑慧（2019）〈成長之旅：《邦查女孩》的生命敘事〉，林君慧（2019）《新世紀臺灣鄉土小說題材與表現手法研究：以甘耀明小說作品為中心》，王國安（2020）〈甘耀明《冬將軍來的夏天》探析〉，蔡林縉（2021）〈新南方論述：《邦查女孩》與定居殖民批判〉，李美慧（2022）《甘耀明小說中的客家元素研究》。

是原住民部落邊。祖母是客家人，她爲家族帶來了一些原住民傳說的故事。……至於小說中的關牛窩，多是虛構的，是個大型村落，更精確的說應該是這個社會的縮影。（甘耀明，2009：442）

對於作者而言，關牛窩是他童年縮影：「如果關牛窩這地名有什麼精神上的意義，可能是個人童年的縮影了。」（甘耀明，2009：442）書中主角劉興帕是客家後代，義父之一是日本陸軍中佐：鹿野武雄，人稱「鬼中佐」，書中形容帕的日本義父「治兵如鬼見愁，極爲嚴厲，說一句話，旁人得做出百句的內容，因此有『鬼中佐』封號，而『鬼』在日文漢字有兇狠的意思。」（甘耀明，2009：22）

書中對帕的描述是：「帕是小學生，身高將近六呎，力量大。」（甘耀明，2009：20）「帕」（pa，Pa-pak-Wa-qa的簡稱）是另一個義父，劉金福二房的弟弟（原住民）取的，當初認義父是爲了化煞，書中還強調「這個舅舅不是親的」（甘耀明，2009：170），《殺鬼》的第一篇篇名「名字裡有番字的少年」，指的就是「帕」。書中原住民的義父對帕說：「他數個音節的名字是全世界的力量核心，平日只說一個音節就夠用了，要是誰知道全名會招來死亡。隔幾天，帕的泰雅族義父就死於意外了。」（甘耀明，2009：170）「帕」指的是泰雅族的聖山大霸尖山，泰雅族稱之爲Pa-pak-Wa-qa（甘耀明，2009：247），書中暗指泰雅族的聖山是帕的力量來源，意指臺灣面對未來的本錢。

透過主角的命名，作者暗示讀者臺灣這塊土地的混雜與多元，也提醒讀者身分認同的困難。作者甘耀明的父親是客家人，母親是閩南人（陳秀珍，2015：3），假設書中人設是作者自己，那麼《殺鬼》主角的漢人身分是四○年代臺灣主體的象徵，書中的「漢人」主角使用客語，因此臺灣主體是以客家為代表的漢人系統，一種以客家族群主體為臺灣主體的敘事模式。

　　故事中的鬼王指的是1895年戰役抗日往生的吳湯興，帕的祖父劉金福是其部屬，帕稱之「阿興叔公」。日本時代客籍作家吳濁流的《亞細亞的孤兒》或鍾肇政《滄溟行》也寫太平洋戰爭的認同困擾，解嚴後鍾肇政的《怒濤》及李喬的《埋冤‧一九四七‧埋冤》是對二二八的寫實書寫，鍾肇政與李喬的書寫重心稍有不同，前者以中國為中心，後者以臺灣為中心，不過仇日立場則一致。相關研究點出《殺鬼》不同於前述臺灣客籍作家的書寫切入：

> 《亞細亞的孤兒》、《臺灣人三部曲》與《寒夜三部曲》，都以漢族為中心，聚焦於漢族的臺灣人認同，無涉原住民。鍾肇政的《戰火》（1983）雖關注戰爭期霧社事件遺眷被徵召加入高砂義勇隊，仍未將之與臺灣人的認同議題連結。《殺鬼》則出現原住民文化、傳說與神話，泰雅族女孩拉娃更成了主角。此一安排自然與1984年開始，風起雲湧的原住民運動提升原住民意識，以及解嚴後強調多元族群觀念有關。（劉亮雅，2018：224）

1980年代各種社會運動的興起，1987年解嚴後臺灣本土化過程的多元文化主義選擇，1996年臺灣首度總統直選，1999年李登輝兩國論的提出，無不促成臺灣主體性的建立，對臺灣歷史的重新建構成爲歷史發展的必然。再加上中國的崛起，世界經濟體重組，臺灣社會如何面對世界的新局勢，成爲小說敘事的大架構。臺灣主體性的思考，從政府的政策到文學書寫，無不強調跨族群、跨文化的多語混雜現象，接受多元意味著戒嚴時期的一元書寫與政治神話破滅。歷史是複數的重層鏡像，是不同族群、不同性別、不同階層的臺灣發聲。然而，呈現在以漢字爲中心的文學書寫，其實仍是單語的一元書寫，反思總不離符號的選用，這也是日本時代許多書寫者的困難之處。處在後殖民語境下的臺灣，後現代的影子隨處可見，文學作品的觀照層面更寬更廣：禁忌歷史、族群、性別、生態、語言等議題百花爭鳴。

　　被評論家譽爲「千面寫手」，1972年出生的甘耀明，第一本長篇小說選擇書寫太平洋戰爭到二二八事件的發生這一段禁忌歷史，顯然繼承了上一個世代李喬等臺灣重要作家對臺灣主體的關注，只是敘事手法迥異。李喬的家族寫實敘事與甘耀明的魔幻隱喻敘事大異其趣。研究者認爲《殺鬼》透過將歷史傳奇化，再現日本軍國主義及美軍轟炸的場景、二二八事件及臺灣認同的變化、文化上的混血等議題：

　　　　小說藉由魔幻寫實、鬼故事、童話、卡通等手法，將歷史傳奇化，呈現四○年代臺灣的種族、族群和世代乃至殖民與被

殖民的矛盾對立以及文化融合。甘耀明藉由火車進入關牛窩，並貫串全書，帶入現代性以及四〇年代歷史事件的衝擊，於是環繞著火車與鄉土的二元對立，形成火車傳奇與鄉野傳奇，兩者構成本書歷史傳奇的主要部分。（劉亮雅，2018：221）

《殺鬼》對歷史的重建與魔幻描寫，敘述的是一幅美麗的臺灣未來風景，強調真正的臺灣人的來源與認同，是對臺灣主體的確立。這個主體是客家與日本養父及原住民養父交織混雜形成的男性後裔的臺灣主體。相關研究指出：

> 《殺鬼》是一本充滿想像力和原創力的巨作。其歷史傳奇從客家祖孫劉金福和劉興帕以及鬼王出發，兼及拉娃、哈勇等原住民和女性異質多元的觀點，鮮活地呈現四〇年代鄉下的客家聚落的生活百態、自然風物以及跨族群庶民對於火車和歷史事件的反應，允為重量級客家小說。更重要的是，《殺鬼》的歷史傳奇乃是有關臺灣人身分的寓言。它呈現殖民地臺灣人對日本的曖昧矛盾：一方面對於其帶來的現代性欲拒還迎，另方面批判其殖民主義對於傳統語言和文化的破壞。……。而對於國民黨，《殺鬼》不僅批判其再殖民，更暗示其國族敘事如同日本帝國敘事，乃是臺灣應擺脫的枷梏。（劉亮雅，2018：248）

透過主角帕的客家身分，日本養父及原住民養父的暗示，《殺鬼》從漢人第三代的視角，透過對臺灣過去重層殖民歷史的除魅過程，描繪出臺灣迎向世界的未來願景。書中對臺灣族群的多元與誤解，有精彩的描述：

> 小兵聽到那少婦來自花蓮，便對帕說她肯定是阿美族，話不通的，而且阿美族跟他們普優馬（卑南族）是世仇。帕手一揮，又叫了幾位原住民小兵，只有泰雅語與那種立霧溪溪水般時而激昂、時而沉緩的太魯閣語能有些星火關聯。但泰雅小兵翻譯得煩了，對帕說，泰雅與太魯閣曾經是親兄弟，但最後成了世仇，卑鄙的太魯閣人才逃到中央山脈深居，刻意改變原本使用的語言。……。帕嘆口氣說：他的歐吉桑常常說，閩南人最奸詐，「番人」野蠻得會砍人頭，內地人是他的世仇。可是，他又聽閩南人說，客家人最奸，「番人」最頑顢；他也知道，你們高砂人抱怨客家人、閩南人最爛，騙人不眨眼。帕說，他以為高砂人最團結，沒想到走進來的都跟他抱怨跟這女人世仇。（甘耀明，2009：191）

這段描述出現了阿美族、卑南族（普優馬）、泰雅族、太魯閣族、閩南人、客家人等不同族群的稱呼，也有番人、內地人、高砂人等從清末到日本時代的不同族群符碼，建構出一幅四〇年代臺灣多元族群風景。原住民與閩南人及客家人彼此之間的敵視與誤解，甚至原住民之間的彼此誤解，突顯族群之間的歷史衝突

與傷痕。書中借用泰雅族頭目哈勇的話，描寫原住民的多語混雜與族群關係：

> 接著他的舌頭蘸飽了口水，好像裂成三瓣，用雜揉了泰雅、客語、日語而成的話對劉金福說：他年輕時獵過的動物比星星還多，沒看過猴子吃豬肉。日本人來之後，部落附近的猴子反而吃豬肉了。說來話長，沒錯，是你們害的。以前日本人來時，你們雪候（客家人）很囂病的說以後什麼都要繳稅，連放屁都要繳，又笑「番人」更慘，得穿木屐打獵了。下山的部落的人不懂木屐。雪候說，那是踩在兩根大木頭上走路。消息帶回部落後，長老叫人砍倒兩根樹幹，叫一百人上去用樹藤綁緊腳才穿得動木屐，大家在上頭吃喝拉撒，花了三天才走出部落。這時族人緊握拳頭，心想這樣哪能去打獵，遲早把野獸嚇走。日本人一來，沒等他們開口，族人先攻過去。日本人扛著炮、拿槍的逼族人投降，不聽就轟。族人死得慘，部落也掉下床，就是輸到從山頂滑到河谷呀！說來說去，都是你們雪候亂講話。（甘耀明，2009：265）

　　泰雅、客語、日語的雜揉，象徵弱勢族群的生存無奈，外來殖民者（日本人）與較早的移民（客家人）對原住民的敘事，足以導致滅族。日本投降之後，關牛窩的泰雅頭目哈勇又得割舌再學普通話（國語）：

現在，臺灣光復，不用講日本話了，但又要講普通話。我不想當蛇，我是泰雅人，不想再割舌頭了，也不想族人再被割舌頭了。（甘耀明，2009：267）

　　小說讓不同族群的人說話，安排主角是相對弱勢的客家後代，出生八個月時認原住民為養父，稍長後又讓日本人收養，隱喻的就是臺灣這塊土地的宿命。書中描寫日本學校對待方言的方式與國民政府對待方言的方式如出一轍：「特別是校長更是狠，平日聽到誰講客語或泰雅語，罵完就呼巴掌，把人甩得五官翻山，再把寫著『清國奴』的狗牌掛在學生身上。被罰的學生要去找下一個不講『國語』的人，移交狗牌。」（甘耀明，2009：25）這段文字讓人不禁聯想國民政府戒嚴時期如火如荼的「推行國語運動」，「日語」與「華語」分別是不同政權的「國語」，生活在這塊土地的不同族群也只能「學習」。相關研究指出：

　　甘耀明自言《殺鬼》一書的主軸是「身分之間的擺盪」，以帕的名字為基線，循著身分的初始——轉折——回返的書寫，以及歷經清國、日本殖民政府和國民政府的政權更迭的老人——像是活化石的劉金福，從他身體裡的子彈，能看見歷史的滄桑以及國族認同的崩坍。而連年戰爭的恐慌，信仰成為人們心靈寄託，一場客家人和原住民對媽祖信仰的「誤解」，以及米軍眷屬誤把土地公當作耶穌的門徒的鬧劇，文化符碼的「誤植」看似荒謬可笑，作者藉此建構了多元族群

共生的圖譜。只是戰爭糾纏在人類的歷史上，臺灣原住民因此從臺灣島的主人節節退至深山僻壤，失去主權，失去母語，被迫「割舌」學習殖民帝國語言，留下身體和心理同樣深沉的學舌印記，一再提醒被殖民的歷史創傷。（陳秀珍，2015：126）

這幾年俄烏戰爭的殘忍向世人展示了歷史的荒謬，戰爭仍持續中，臺灣面臨戰爭的話題不停被討論。民選政府於2019年通過《國家語言發展法》，隨後又宣誓2030年要成為以英語為主的雙語國家，被迫「割舌」的歷史重現，歷史是那麼地殘忍，故事也就會被不同世代的作者繼續續寫。此外，《殺鬼》透過「二二八事件」中的閩南族群，用閩南語述說繼日本政府之後的國民政府的壓迫行為：

日本人鴨霸，欺負我們，不過，人家做事有效率；國民政府也是鴨霸，但人家做事老牛拖車，擺爛又歪哥（貪汙），對嗎？……講我是吃「日本屎」大漢的；現在呢？國民政府連個屁都不給聞，好康的給阿山仔拿去。對嗎？（甘耀明，2009：400）

光復後，帕被誤認為日本鬼子，並且與辜振甫一樣搞臺灣獨立，書中安排身著中山裝的特務對帕說，蔣委員長想見你，希望帕成為他們的同志前往大陸殺敵。書中的描寫如下：

帕跪在地上，心想他不是日本鬼子，他不是日本鬼子，可是
除了日本鬼子，他想不到自己能是什麼了。日本天皇急忙的
把他們的赤子丟了，國民政府又急忙的把日帝的遺孤關在門
外，除了荒野，他們一無所有了。……帕笑了起來，越笑越
大聲。他說，他不想去大陸，也不想見當今天皇，他是個地
獄跑出來亂的惡鬼，只能待在臺灣這個鬼島。（甘耀明，
2009：385-386）

《殺鬼》借「走番仔反」的吳湯興「鬼王」說故事，用「火
車」象徵時間的無情與日本帝國主義的入侵，也象徵「現代化」
的必然，「火車駛進關牛窩」隱喻「現代日本統治傳統臺灣」，
意象鮮明。劉金福的遺民形象與堅守傳統對比劉興帕努力「成為
日本人」，是臺灣被日本統治的人物縮影，其後的「成為中國
人」與「成為臺灣人」都是臺灣這塊土地見證的歷史。做為四〇
年代臺灣主體象徵的劉興帕「殺鬼」的過程，其實是臺灣這塊土
地的主人除魅的過程，帕殺了鬼王吳湯興、日人鬼中佐（鹿野武
雄），還有五十年前就已經靈魂死去的阿公劉金福也離他而去，
最重要的是阿公劉金福為劉興帕取得的死亡證明，也親手殺了
「鹿野千拔」這隻「鬼」，劉興帕成為「鹿野千拔」做了許多
「巴格野鹿」的事情，「鬼」是那些歷史的不得已、那些偶然與
必然。唯有「殺鬼」之後，臺灣主體性才能夠逐步確立。

歷史是已經發生過的事，然而過去卻是由當代的人重新書寫
並且述說，身為這塊土地的後代，敘事者展示了對過去歷史的寬

容與理解，也努力暗示面對過去、迎向未來的積極看法。然而，《殺鬼》仍是以漢人男性爲主體的臺灣敘事，《邦查女孩》選擇以非漢女性隱喻臺灣的主體身分，將臺灣的原漢關係置放在不同的框架建構，發人深省。

四、《邦查女孩》建構的非漢女性臺灣主體意象

《邦查女孩》敘事時間設定在1970年代的臺灣，空間以花蓮的伐木村「摩里沙卡」（林田山林場）爲中心，書寫邦查女孩古阿霞（美原後裔）與伐木工劉政光（日漢後裔）的愛情故事，古阿霞自我認同爲邦查，劉政光則是認同客家，書中一直強調「原住民」與「漢人」在臺灣本就異質而多元。故事主軸透過兩位主角爲了重建山上的荒廢小學，在臺灣各地移動奔走籌錢的過程，作者利用空間的移動，將臺灣這塊土地上先來後到的各種族群人物故事娓娓道來。不同於《殺鬼》大量使用客語詞彙，《邦查女孩》使用較多的閩南語詞彙。關於《邦查女孩》這本40多萬字的長篇小說，有研究者綜合大家的看法指出：

> 古阿霞的身分特別，父親是美國黑人，因爲越戰的關係而認識阿美族的邦查母親，施叔評《邦查女孩》說道「有關角色的身世，對於臺灣史的暗示意味相當明顯，它將古阿霞所代表臺灣邊陲的、面向海洋那種開闊的溫暖與關懷，寫得很好。」古阿霞……是地方上處於弱勢的女性性別，她在雙重

邊緣位置，卻能成為摩里沙卡聚落的重要人物，在甘耀明的
小說中彰顯更多主體性。蘇偉貞曾評《邦查女孩》「似乎在
寫一個邊緣族群的成長故事。」……簡言之，面對七〇年代
的種種變化，甘耀明利用古阿霞的少女成長敘事，喚回山林
生態保育的重要性，展現自己的認同與省思。（陳震宇，
2019：8）

　　概括地說，《邦查女孩》是後殖民時期民主化後的臺灣主體
成長小說，這個主體的設定是混雜（美籍黑人與邦查）的弱勢族
群，而且是女性主體，三重邊緣身分和極度弱勢的主體，這個主
體卻擁有最強大的堅定的內心力量。敘事者透過每一位人物書寫
他對臺灣這塊土地的關懷，不論是生態保育、性別隱喻、族群歷
史、戰亂傷痕或對政治人物的嘲諷。「歷史」於臺灣而言，是不
同族群的共同記憶，記憶總是異質而多元如同語言的使用。
　　如果《殺鬼》的漢人（以客家為主）男性成長寓言敘事是四
〇年代對臺灣主體性的確立，《邦查女孩》的非漢（美籍黑人與
邦查混血）女性成長寓言敘事則是七〇年代全球語境下的臺灣主
體再確立。從「漢人中心」到「去漢人中心」的過渡，與臺灣社
會的集體發展脈絡吻合，多元文化主義的薰陶已經確立臺灣主體
的混雜，從「邊緣」出發進而與「中心」對話也是後現代或者解
構主義所使用的詮釋「我是誰？」的策略。過去的研究從成長小
說的角度分析《邦查女孩》主角古阿霞：

《邦查女孩》描繪古阿霞於旅途中所遇及的各種人物形象，隱含作者對於歷史的詮釋。例如以難語症象徵臺灣人的失聲、失語狀態，啞口無言反能揭穿許多虛假。甚至以文老師象徵於白色恐怖年代知識份子的冤屈，又以玉里療養院吳天雄等人物群像，隱喻戰亂後走過苦難的人物困境，以及時代的荒謬性。（林淑慧，2019：54）

　　《邦查女孩》對古阿霞的黑皮膚描述是「多種原住民混血，有著排灣、太魯閣與阿美族的血緣調色盤。」（甘耀明，2015：66）書中主角除了古阿霞，還有劉政光，書中描寫劉政光：「有選擇性難語症，面對不想說話的人，永遠閉上嘴巴。年幼時還有高功能自閉症或亞斯伯格症，高度混合型的兒童心理障礙，選擇把自己鎖起來拒絕溝通，他的童年有個比樹根還複雜的環境與性格。」（甘耀明，2015：85）書中的主角都是臺灣土生土長，主角所遇到的人則多半是外來。不同族群的人們在這塊土地相遇，老兵吳天雄說自己是瘋子，國共戰爭後被嚇壞的阿兵哥，被集中安排在花蓮玉里榮民醫院，好不了的終身住院，像吳天雄這種治好的則被安排到溪裡挖石頭、耕作或蓋農場（甘耀明，2015：108）。除了吳天雄，還有老兵趙天民被派到花蓮開闢中橫的故事。關於阿美族，書中透過古阿霞說出：「我們是平地的山地人，不是山地的山地人。」（甘耀明，2015：440）這句話透露出漢人對「山地人」的不了解。古阿霞繼續說：

日本人來了，他們教會了我們是很殘忍的人，教我們穿上衣服與恥辱。紅太陽走了，白太陽來了，這個政府教會我們是很窮的山地人。我們在這塊大山大水生活了幾千年，才發現自己沒有錢，很苦惱。然後，耶穌來了，佛陀來了，外頭的神明教我們面對苦難、面對煩惱，卻教不會我們的子孫們面對眼前的大山與大河，連佛陀也不會，他們是從很遠的地方坐船來。祖靈才會，可是，祖靈不會教我們賺錢，也不會學耶穌一樣給我們奶粉與糖果。（甘耀明，2015：440）

　　原住民的異質性對統治者而言並不重要，做為「山地人」是被定義的族群，不同的政權用「殘忍」與「很窮」定義他者，被定義的他者處於經濟弱勢，原本與世無爭的生活，卻被貼上「懶」的標籤（甘耀明，2015：440）。在全球化的今天，這些標籤通常由經濟強勢者賦予經濟弱勢者，改變有限。小說中的反諷與提醒引人深思。此外，《邦查女孩》書中的原住民稱呼漢人為「百浪」（閩南語「壞人」之意），漢人稱呼原住民為「番仔」、外省人為「阿山仔」，這些庶民用語無不突顯族群之間的鴻溝與誤解，族群符碼的再現顯示臺灣各族群之間的「區隔」極為明顯。相關研究探討出生馬來西亞在臺灣求學落地生根的客籍李永平《大河盡頭》，與臺灣客籍作家甘耀明《殺鬼》，指出二十一世紀初臺灣文學重構了新的原漢關係：

（一）當原漢框架重構為原住民族、漢人移民與西方／日本

殖民者的三方跨種族接觸，有助於跳脫出以往原住民受害者
vs.華人加害者的二元模式，從而讓原漢關係衍生出更多
元、繁複的對位關係。這種嶄新的跨種族關係也讓原住民性
的內涵更為豐饒；（二）當我們把西方／日本殖民者納入原
漢框架，我們其實是把臺灣原漢關係從在地歷史置放在東亞
與世界殖民史脈絡，加以細細檢視。此舉有助於抗拒以國族
敘事為主導的原漢關係，轉而去思考「世界中的」（world-
ing）原住民議題；（三）當我們把原漢框架擺放到東亞與
世界殖民史的脈絡，一種比較式的原漢關係油然而生，我們
要談臺灣的原漢關係，也應該留意婆羅洲的原漢關係，以及
其他歷史時刻的原漢相逢場景；（四）過去原漢關係總是被
安置在華人定居殖民史的反思，重構的原漢關係框架則擺脫
了華人原罪的耽溺，進而理解原住民所經歷的各種形式創
傷，促使華人回應各種形式的原住民族受迫害歷史（華人定
居殖民歷史、西方殖民歷史、戰爭等），從而構連出華人與
原住民之間不以華人定居殖民史為主導的跨種族倫理關係。
（詹閔旭，2020：89）

　　二十世紀的臺灣小說在反思臺灣族群關係時，其假設立場是
漢人與原住民的二元對立，漢人的殖民臺灣。二十一世紀的臺灣
小說則進一步將背景設定在全球的殖民歷史語境下觀察，細數世
界語境下的「原住民」處境與族群關係。設若《殺鬼》是漢人少
年劉興帕（10歲）的臺灣主體成長小說，那麼《邦查女孩》則

是非漢少女古阿霞（18歲）的臺灣主體成長小說。邦查女孩古
阿霞遇到日客混血帕吉魯劉政光，彼此相伴共同成長，書中對兩
位主角的相遇這麼描述：「相遇是為了確定彼此的方向，他與
她，牽手成了他們，一起朝村子走去。」（甘耀明，2015：45）
這段話中的「他」在書中指的是劉政光，「她」是古阿霞，我們
可以理解為他指「漢人」（劉政光雖是日客混血，卻是由客家文
化滋養成長），她指「原住民」（古阿霞雖是美原混血，卻是由
邦查文化滋養成長），「他們」暗示族群融合，「村子」指「臺
灣的未來」。甘耀明在《邦查女孩》的鳴謝文中說道：

> 寫下《邦查女孩》的句點是二〇一四年十二月中旬，我從慈
> 濟大學招待所「同心圓」宿舍的八樓窗口遠眺花蓮市，這本
> 大部分以花蓮為場景的小說，能在當地完成，於我有特殊意
> 義。這本小說的完成，意味著小說主角古阿霞從我的心中永
> 遠退場了。這位「除了美貌，上帝什麼都給了，包括數不清
> 的苦難」的十八歲女孩，花了五年時間在我心裡徘徊，不是
> 我創造了她，是緣分使我們以文字在小說裡的必然遭逢，是
> 她帶我走過無數的小說情節與冒險，歷經逃離、環島、登山
> 與伐木林場的驚駭，看見她離去的背影，有著難以言詮的感
> 受。願眾神祝福這塊土地上的古阿霞們，以及帕吉魯們。
> （甘耀明，2015：681-682）

　　小說的完成，意謂除魅的過程已然走完，從四〇年代到七〇

年代，從關牛窩到臺北，再回到關牛窩，從花蓮市到林田山林場到玉里，再到臺南，再前往宜蘭蘇澳，再回到林田山林場，然後在花蓮各地的移動，最後前往臺北築夢，終於又回到林田山林場，兩部小說設計空間的移動讓主角遇到不同的族群人物，讓這些人述說他們的臺灣故事，見證這塊土地不同族群人物觸動人心的生命史。族群的故事無時無刻不在上演，這些用生命書寫的故事，值得一直被說故事的人傳寫。

《殺鬼》與《邦查女孩》都使用了「火車」意象，帶領主角在臺灣這塊土地挪移，與殖民、後殖民、自我殖民及不同族群不同人物的悲歡離合相遇且同感。研究者指出，小說中的「火車」，通常是現代化臺灣尋找土地以及自我認同的路徑，或者說「媒介」。經由「火車」帶領主體進城與歸鄉，在這個過程中，主體掙扎並且自我實現（柯慶明，2006：9）。《殺鬼》用「火車」衝進關牛窩，象徵殖民怪獸的入侵，大家對這個現代化象徵巨獸既怕又愛。《邦查女孩》用「火車」帶著古阿霞進城與回鄉，敘寫現代化臺灣進城築夢與選擇回鄉的認同辯證過程。「火車」也是時間的象徵，這塊土地的不同族群在時間中相遇、相殘、相知也相守，故事未完待續。

五、結語

文學文本中的族群書寫是臺灣民主化過程中最深刻的反思，客籍作家甘耀明的《殺鬼》與《邦查女孩》不僅僅只是作家個人

的歷史反思，這兩個文本建構了一種新的全球語境下的臺灣族群圖景。「多元文化主義」所建議的族群主流化思潮，很大程度上暗示了從不同族群視角出發的臺灣主體性建構可能。而甘耀明的這兩部長篇文本中的漢人主體，其實是以客家族群爲主體的臺灣主體性建構敘事。這也是臺灣文學中一個有意思的現象，相對弱勢的客家族群，成爲書寫臺灣並建構臺灣主體性的主要族群。

《殺鬼》與《邦查女孩》裡的「漢人」主角及配角主要使用客語，延續了鍾肇政及李喬等臺灣重要作家的傳統，以客家族群主體爲臺灣主體的敘事模式傳統，建構出獨特的臺灣文學／客家文學中的族群與臺灣主體性敘事。由於族群相遇相知、相殘相殺的故事無處不有，歷史也就既溫情也殘忍。說故事的人選擇從人文關懷的角度出發，以這塊土地的生態平衡爲敘事主軸，探討性別、族群、殖民與被殖民等這塊土地上的各種議題，不論是有形的殖民如日本或無形的殖民如美國，都述說在小說文字裡。甘耀明書寫不同時空下的臺灣圖景，多語雜糅、多音交響以及多元而異質的臺灣躍然於72萬的文字中，鮮活而極富生命力。

從《殺鬼》（1940年代）所建構的漢人男性臺灣主體意象，到《邦查女孩》（1970年代）所建構的非漢女性臺灣主體意象。作家透過性別置換，暗喻臺灣主體從陽剛的男性中心主體走向陰柔的女性邊緣主體，是一種以邊緣爲中心的敘事策略。最有意思的是，《殺鬼》以日本、中國、臺灣做爲敘事主軸，而《邦查女孩》加入了美國元素，一種全球視野下的臺灣主體建構。混雜而異質的臺灣是一種生命力的展現，包容與共生是必然

的選擇，「火車」會一直往前行駛，無論出發點在何處，時間不停流逝，空間將是臺灣這塊土地上的族群共同的答案。正如甘耀明對這塊土地上的古阿霞們及帕吉魯們的祝福，族群互動將在更多的認識與理解下展開，臺灣的未來會在古阿霞們及帕吉魯們的力量中前行，必將充滿希望與前景。

即使臺灣受到國民政府「推行國語運動」的影響，文學書寫以漢字為中心，不過作家們依舊使用漢字呈現多語混雜的臺灣實況。《殺鬼》中大量的客語詞彙與對話，《邦查女孩》中大量使用原住民、閩南語、客語的詞彙與對話，除了符合場景的設定與主角的身分之外，也在強調臺灣這塊土地的多元與多語使用。小說家對殖民與後殖民歷史的敘事，反映一個時代的集體意識。臺灣社會從漢人侵佔原住民的原罪反思，進一步思考日本與西方殖民下的原漢關係，也就是從全球思維出發，重新審視族群關係，建構臺灣新視界。

| 第三章 |

鍾肇政小說中的族群再現

　　文本中的族群再現課題，由於歷史時代（滿清、日本、國民政府）不同，族群意識形態書寫立場各異，加上研究取向從「結構」走向「後結構（解構）」，潮流從「現代」走向「後現代」，關於文本中的族群再現值得我們持續關注，也應當由不同族群立場的研究者共同進行同一課題的深度探究。

　　敘事活動就是一種話語交際的行動，「講故事」是社會中人際之間交流經驗、情感、思想的重要方式，交流的過程必然有協商也有爭論。文本的流傳和敘事被接受的過程（在各族群間被接受與傳播並信以為真），其實就是話語交際開展的一種過程。在這個定義底下，我們認為文學敘事與社會主導敘事編碼體系之間的關係、區別以及相互作用機制等等，是研究的重點。如果把敘事視為再現（representation），誰是敘事的主體而誰是客體成為探討的重點，「再現」與「主體性」的問題息息相關，本章整理鍾肇政小說中的族群敘事，探討族群關係的文本再現問題。

一、前言

　　臺灣由於歷史因素，擁有多元豐富的文化。政權更迭，今日

臺灣所強調的族群主流化，政府所努力建構的多元文化的社會發展，其實是許多臺灣前輩在過去的專制體制下所努力爭取獲得的一些成果。要走的路還很長，解嚴後至今，追求臺灣各族群的相互尊重及平等共榮是每一位國民的責任。臺灣這塊土地歷經不同政權更迭，血汗編織的歷史過往讓臺灣充滿故事，移民的先來後到讓故事益形豐富。臺灣的族群認同與地方重建必須建立在對地方充分認識的基礎之上，進而與各族群共創集體記憶。轉型正義的基礎應該建立在深刻的反省之上，歷史的記載告訴我們，舊政權所極力掩蓋的，不正是新政權所努力要揭露的？

在臺灣，政治認同一直是選舉的重點，然而許多議題其實是被製造出來的。不同「族群」的此疆彼界是在日常生活中的實際感受，這些感受在作家文學中透過文人的筆抒寫記錄下來，在民間文學中則是透過集體傳承的歌謠、故事代代流傳。文本中具體反映了人們在日常生活中如何感受到族群界線的分類運作，每一個個體的生命經驗不同，隨著個體身處不同的社會領域、社會位置，再加上生命階段的不同而有所差異。

文學文本中更反映出不同歷史時期社會的遷移經驗、人群互動，還有不同歷史階段的不同統治者於社會中主導的種族主義（民族主義）意識形態與制度等。種種族群議題無不在臺灣豐富的文學文本中以族群偏見、歧視、宰制、抵抗等形式出現，當然也有族群融合的想望。值得進一步研究與深入分析文本所呈現的族群關係，包括族群階層化、族群身分／認同的日常實作、族群界線的形成與變遷、族群政治與文化運動的抵抗等議題。

族群關係的緊張、和諧，有賴執政當局的智慧施政。過去已經造成的種種對臺灣這塊土地原住民族的不公不義，透過反思與相關文化復興的友善政策，多少能平衡歷史的傷痕。那些不可復原的傷痛，也留在許多文本中讓後人反思與記取前車之鑑。柯志明（2001）研究清代臺灣的族群政治，提出統治者（清廷）、漢人、熟番（平埔族）與生番（高山族）之間的互動是結構性的結果，統治者（清廷）運用三層制族群分布的設計，即讓「熟番」夾在「生番」與「漢人」中間的機制，彼此制衡，形成清廷治臺的特殊現象，其結論指出：

　　在不同的歷史情境與環境所提供的限制與機會下，歷史行動者如何作選擇，形成對其認知與行為具有規約力的制度，而既存的制度又如何構成行動者後續選擇的結構限制。制度內主要的歷史行動者（就我們的案例：清廷、漢人、熟番與生番）往往被綁縛於衝突的特定策略位置上，各自依結構所界定的特定位置選擇行動，以求掌握與擴大自身利益。但在行動者的策略選擇與制度結構的交互作用下，歷史卻不乏產生意外結果的可能性。在與番漢族群互動形成制度的歷史過程裡，清廷並不見得有能力預見政策的後果，雖然它（假設將之縮小到北京的朝廷）常常自以為是，但事實上政策的制定與執行通常是處在一個嘗試錯誤的過程。因應過去制度的限制與危機而發展出來的新政策，不時造成出乎意料之外的結果，乃至動亂，被迫改弦易轍，而催生了新的制度。新制度

製造出新的問題，通常也不難看到它從內部發展出危及自身的危機。（柯志明，2001：378）

　　清政府對人群的分類直到日本政府治臺開始，便進行了符碼（code）的置換而使用「平埔族」和「高砂族」取代「熟番」和「生番」，雖然兩者間的語義並不完全相等。雖然「番」的意含充滿歧視，但其實也是所有的殖民統治者的假設立場，自詡文明，要以文化之。羅香林在民國時期提出「民系」的概念，並將漢族分為北方漢人及南方漢人，而南方漢人又分為若干民系，如越海民系、湘贛民系、南漢民系、閩海民系、閩贛民系、客家民系（羅香林，1933：71）。羅氏認為客家民系成形於宋代，並且是漢族的一個民系，就文化而言，客家文化確實深受漢文化的薰陶。

　　客家民間歌本〈渡台悲歌〉如此描述清初臺灣的族群：「臺灣本是福建管，一半漳州一半泉。一半廣東人居住，一半生番並熟番。生番住在山林內，專殺人頭帶入山。帶入山中食粟酒，食酒唱歌笑連連。熟番就是人一樣，理番吩咐管番官。」（黃菊芳，2011：197）民間視野裡的族群有「漳州人」、「泉州人」、「廣東人」、「生番」、「熟番」，前三類用地域區分，後來被統稱為「漢人」，後兩類是區別於「人」的「番」。其中「漳州」與「泉州」人今日稱之為「閩南人」，「廣東人」實際上是講客語的「客家人」，根據研究指出，漳州也有不少的客家人，「生番」也不完全與「高砂族」對應，雖然「平埔族」似乎

可以等於「熟番」。

　　無論如何，符碼的選用有其意識形態立場，「東方主義（Orientalism）所要揭示的正是西方強權總是用入侵者的「文明」去定義本土的「野蠻」。（Edward W. Said, 1978, *Orientalism*，中譯《東方主義》，1999）而華夏文明所定義的「東夷」、「西戎」、「南蠻」、「北狄」與「東方主義」相去並不遙遠。我們要省思的課題不單只是族群關係而已，符碼的選用與知識的生產，本身就是文化霸權（cultural hegemony）的展示。

　　近年因婚姻而來臺的移民人口數甚至已超出了原住民族，形成所謂的「新住民」，這也使得臺灣的族群結構益形多元。由於歷史因素，原住民族在臺灣族群與階級等社會經濟結構上陷於劣勢，政府相關的統計資料顯示原住民處於臺灣政治經濟的最底層。在收入、教育、就業、醫療等各項指標與處於優勢的漢人移民間發展差距頗大。族群關係的形成有其結構和歷史面向，在臺灣不同階段西方殖民及外來移民政權一次又一次試圖同化臺灣原住民族的過程，造成原住民族語言文化逐漸消亡，部落解體。本文認為，經由整理文本所再現的族群圖像與族群刻板印象，反思族群間難以跨越的那道鴻溝，將是邁向不同族群間的真正和解與共榮共存的必經過程。

二、族群再現相關研究

　　回顧關於文本中的族群再現研究，蕭阿勤（2000, 2012）於

二十年前即透過歷史取向的社會學研究，指出八○、九○年代臺灣的文化菁英如何重構記憶、歷史與認同，作者指出其論述的主要重點在於：

> 探討1980、1990年代本省籍的文學作家、文學批評家、語言學家、語言復興運動者、業餘或專業的歷史學者等「人文知識份子」在臺灣民族主義的國族建構中的角色與作用，釐清他們所從事的文化活動如何成為臺灣民族主義政治的重要部分，如何成為塑造「臺灣性」（Taiwaneseness）或臺灣國族特性的重要力量。（蕭阿勤，2012：10-11）

　　書中指出「臺灣性」的塑造很重要的是語言的使用，早在二十年前的研究已經指出「國語意識形態與少數族群語言運動的缺陷，都與以族群認同為基礎的政治動員密切相關。……如何達到國族認同（凝聚團結）與族群認同（多語主義和多元文化主義）的平衡。」（蕭阿勤，2012：272）這是兩難的問題，也是世界上多數民主國家所面臨的困境。

　　臺灣文學史建構過程中的中國史觀與臺灣史觀的對立，其實也是值得討論的一段歷史，不過蕭阿勤認為其「研究的主要目的，在於闡明族群認同與民族認同的性質是『被建構的』（constructed），指出這些集體認同是受到歷史變遷與政治的重新定義所影響的，而這才是理解集體認同比較恰當的方式。」（蕭阿勤，2012：335）事實上，這些討論仍舊是漢人中心的國

族敘事，所謂的中國史觀或臺灣史觀的論述脈絡，仍難逃脫政治上新統治者的歷史重構過程的一種新正統敘事，為的是讓統治合理化。

2003年，王甫昌提出當前臺灣社會的族群想像：臺灣四大族群的觀點，該書從社會學的角度對「族群現象」進行分析與討論。該書指出，西方社會科學對於「族群」（ethnic groups）的定義有五個重點：（1）以「共同來源」區分我群、他群的群體認同；（2）「族群」是相對性的群體認同；（3）弱勢者的「族群意識」；（4）「族群」的位階與規模；（5）「族群」做為一種人群分類的想像：把他族群也當作是人，只是要求平等、或者是要求他族群尊重自己的獨特性。而族群意識的內涵則是建立在差異（歷史經驗與文化特質）、不平等（我們弱勢 vs. 他們優勢）及集體行動必要性（族群運動）的三重認知之上（王甫昌，2003：9-20）。

並且進一步說明「族群認同」與「族群想像」在臺灣被發明的歷史過程及其功能，該書提到幾個重點：（1）「族群」的人群分類想像，是相當近代的發明；（2）具體的族群分類類屬在不同時間上的變異性；（3）族群意識是族群運動建構的結果；（4）當代的族群意識受到現代國家與公民觀念的啟發（王甫昌，2003：20-42）。「族群認同」功能則有兩個重點：（1）為何「現在」的人需要「過去」？它可以讓人們覺得自己歸屬到一個有傳統且有未來目標的大社群中；（2）支持「族群建構運動」對抗族群歧視（王甫昌，2003：42-51）。

基於社會科學對「族群」、「族群想像」與「族群認同」的
定義、認知和功能詮釋，臺灣四大族群的形成各有其形成過程：
「本省人／外省人」的區分，出現時機：1970年代以後；「原
住民／漢人」的區分，出現時機：1980年代初期；「客家人」
／「閩南人」的區分（1980年代中期以後）；「外省人／閩南
人」的區分，1990年代以後（王甫昌，2003：53-63）。圖3-1
是二十年前王甫昌繪製的臺灣四大族群在人群分類上的組成。
　　如果再加上最近政府大力照顧的新住民，我們可以將臺灣四
大族群在人群分類上的組成改爲五大族群，並繪製如圖3-2。原
住民／漢人／新住民屬於一種分類，「原住民」與「新住民」符

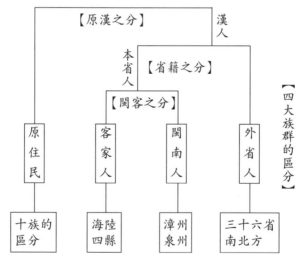

圖3-1：臺灣四大族群在人群分類上的組成

資料來源：王甫昌（2003：57）

碼的使用有時間上先來後到的暗示。「原住民」的內涵也一直在變動中,目前臺灣的原住民指16族:阿美族、泰雅族、排灣族、布農族、卑南族、魯凱族、鄒族、賽夏族、雅美族(達悟族)、邵族、噶瑪蘭族、太魯閣族、撒奇萊雅族、賽德克族、拉阿魯哇族、卡那卡那富族。

「新住民」意指所有外籍移民,其中以東南亞的移民居多

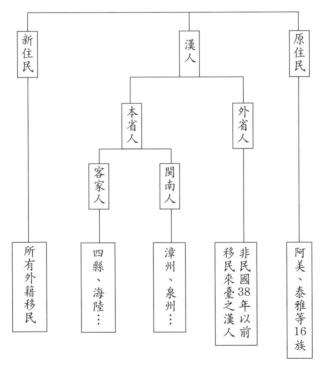

圖3-2:臺灣族群分類圖　　　資料來源:作者繪製

數。「漢人」則是一個意指模糊的符碼，指涉的是非原住民的清朝移民及其後因國共內戰而大量移入臺灣的各省籍人口。「外省人」與「本省人」符碼的使用則是漢人傳統的慣習，只要非本省人就是外省人，然而本省的定義則相對模糊，世居本省自然是本省人，而移民的第二代算不算本省人？

　　臺灣對「本省」與「外省」的定義相對清楚，只要非民國38年以前移民來臺之漢人即稱之「外省人」，因為這一群人相較於其他本省人，在國民政府主政的時代享有更多更好的政經地位與福利。「客家人」與「閩南人」的符碼使用則有更多的討論空間，持學老沙文主義的知識份子慣習使用「臺灣人」做為「閩南人」的符碼，客家人則慣習使用「學老人」做為稱呼「閩南人」的符碼。而「閩南人」與「客家人」也有各自的語言使用次群分類，「外省人」更是複雜，來源極為多元。

　　Brubaker 指出並強調，種族、族群、民族等是人群分類的範疇（categories）而非實質的團體（groups），是人們「對世界的觀點」（perspectives on the world），存在於人們的感受、詮釋、再現、分類與認同中，而且藉著這些過程才存在（Brubaker，2004：17）。基於這個觀點，學者林開世進一步指出：

> 我們有理由去質疑當代眾多的「尋根」與重建族群史的工作，是真的反映了過去，還是以我們當下的族群政治論述來扭曲過去？面對在過去存在的人群區別與動員現象，包括漳／泉、閩／粵、高山／平埔、外省／本省等社會範疇時，許

多學者與文化工作者一再地將分類的範疇當成具體的族群實體，用血緣、地緣、語言、文化的連結與分散來實體化它們的存在，並重建族群存在的系譜。忽略了群體認同與社會界線，一直都是論述的現象，是打造政治權力工程的裝置。以族群做爲歷史過程中的主體爲出發點，這些大量的學術或非學術的工作，未能區分研究過程中，分析的範疇與描述的範疇，往往使得自己的研究捲入族群政治中而不自覺，這可以說是從事族群研究，常常帶來的職業風險。（林開世，2016：306-307）

　　學者對從事族群研究帶有警覺，新歷史主義告訴我們，知識與權力的關係密切，所有的論述都帶有意識形態立場，這是不可避免的學術陷阱。不論學者、說故事者自覺或不自覺，這些群體的分類是臺灣多元文化的來源，當文學敘事（narrative）運用這些符碼描述人群的故事，也就反映了特定歷史時期的特定意識形態，更透露敘事者（narrator）的族群假設。我們的研究將以相對客觀的主觀，也就是所有研究或書寫不能避免的意識形態主觀出發，從族群主流化的觀點切入，提出以相對弱勢的「客家族群」爲核心的觀察，努力從文本中梳理「客家」相較於「外省」及「閩南」的弱勢，又較原住民及新住民優勢的特殊處境。

　　2006年，陳國偉以《解嚴以來（1987～）台灣現代小說中的族群書寫》爲題撰寫他的博士論文，其後以《想像台灣——當代小說中的族群書寫》（2007）改寫爲專書出版。全文主要的論

述以漢人的觀點出發，聚焦於解嚴以來在臺灣所逐漸形成的以福佬族群為主體的「臺灣意識」，該研究指出福佬、客家、外省等族群，透過書寫回應這個民族國家形成過程中，「想像的共同體（Imagined communities）」（Anderson, 1991）在不同族群漢文小說類的書寫立場。其研究指出，福佬、客家及外省三大族群的小說書寫，作家們都透過族群歷史情境的重建，呈現出他們對於族群的理解、建構、想像及反省，於文本中更反映出作家們因應這樣的「本土化」潮流，建立不同族群書寫的典範，並確立族群小說的書寫風格。論文共計561頁，可見素材浩繁，然而獨漏原住民的小說書寫，可謂美中不足。

事實上，解嚴後的文學書寫，不同族群的作家確實都在回應「本土化」的議題，然而大部分仍是漢人中心思維的展現，反思究竟是誰的反思？除了原住民的書寫之外，尚有分量不輕的馬華文學的小說書寫，相較於臺灣外省族群面對「本土化」與臺灣國族主義建構的迷茫，在臺灣的馬華文學呈現出對中國魂與華夏文明的追求與嚮往，堅定不移。時空背景的不同，國族想像的差異必然巨大，文本中的族群再現顯得益形豐富而深具研究價值。

從解嚴至今的碩博士論文題目觀察，其實也告訴我們臺灣在本土化的過程中，討論文學作品的相關論文對「族群」的興趣有增無減。其中對原住民族群的關注較多，例如（1）吳家君（1996）《台灣原住民文學研究》；（2）郭祐慈（2000）《當今臺灣相關原住民少年／兒童小說呈現原住民形象探討》；（3）林奕辰（2001）《原住民女性之族群與性別書寫：阿嫵書

寫的敘事批評》;（4）呂慧珍（2001）《九〇年代臺灣原住民小說研究》;（5）伊象菁（2001）《原住民文學中邊緣論述的排除與建構——以瓦歷斯·諾幹與利格拉樂·阿𡠄爲例》;（6）董恕明（2003）《邊緣主體的建構——臺灣當代原住民文學研究》;（7）趙慶華（2004）《認同與書寫——以朱天心和利格拉樂·阿𡠄爲考察對象》;（8）李玉華（2004）《台灣原住民文學的發展歷程與主體意識的建構》;（9）陳芷凡（2005）《語言與文化翻譯的辯證——以原住民作家夏曼·藍波安、奧威尼·卡露斯盎、阿道·巴辣夫爲例》;（10）賴桂如（2008）《美麗的達戈文:台灣原住民漢語文學中族語運用之研究》;（11）奉君山（2009）《爲什麼原住民文學?—— 1984迄今原住民文學對臺灣民族國家建構的回應與展望》;（12）曾有欽（2010）《「我在故我寫」——當代台灣原住民文學發展與內涵》;（13）林瑜馨（2012）《原住民文學的非典型書寫現象——以達德拉凡·伊苞、董恕明以及阿綺骨爲例》;（14）劉得興（2012）《後殖民語境下的神話再現:台灣原住民族漢語書寫之比較研究》;（15）高旋淨（2013）《霍斯陸曼·伐伐小說之族群書寫研究》;（16）蔡政惠（2014）《戰後臺灣作家文學中的「原住民族書寫」:自 1945 到 1987》;（17）王偉祺（2014）《平埔族小說之研究——以莊華堂《慾望草原》及《巴賽風雲》爲例》;（18）陳伯軒（2015）《台灣當代原住民漢語文學中知識／姿勢與記憶／技藝的相互滲透》;（19）蔡政惠（2015）《戰後臺灣作家文學中的「原住民族書寫」:自 1945

到1987》；（20）林祁漢（2016）《華語語系脈絡下的少數族裔寫作：夏曼・藍波安、達德拉凡・伊苞及阿來的移動敘事研究》。

以上20本碩博士論文關注的是漢人作家視角下的原住民族形象、原住民族主體意識的建構，族語的運用以及原住民族對臺灣民族國家建構的回應等議題，也有從「華語語系」脈絡的視角立論與批判的研究。從這些研究可知，名爲原住民文學卻使用漢文書寫，符碼的選擇已經透露許多訊息。茲舉其中兩位研究者的省思如下：

> 本論文的研究限制，乃爲目前臺灣文壇的臺灣原住民文學的書寫仍是以漢語爲主，是否可真實呈現原住民族母語的原汁原味，展現真正的原住民文學精髓。關於原住民是否應該以漢語或母語創作文學作品這一個問題，成爲許多原住民作家和漢族學者爭論的焦點。如孫大川對漢語、漢文化、甚至當代新儒家採取比較開放的態度，其認爲原住民作家使用的語言雖然是漢語，但是抒發的卻是主體經驗，若以母語的使用成爲檢驗原住民文學的唯一要件將十分狹隘。關於這一個問題，瓦歷斯・尤[諾]幹則持相反之詞而嚴格定義，原住民族書面文學爲以原住民文字指以羅馬拼音書寫下的母語所創作的文學作品，如果捨棄此起點，原住民文學將只是臺灣文學的支派——邊疆文學，無法成爲中心學，獨立於中國文學。（蔡政惠，2007：16）

蔡政惠2015年的博士論文進一步探討戰後臺灣作家文學中的「原住民族書寫」，該論文指出：

　　原住民族形象由早期文本中，日治殖民下被殖民悲情形象、皇民化運動下族群認同迷思形象；中後期文本中，飽受種族歧視與族群壓迫下汙名化形象、經濟貧窮與就業困境下刻苦形象，均見證著原住民族身為少數族群的弱勢處境。但原住民族在文化祭典中恪守紀律的形象、傳統部落中勇士形象、社會中純樸自然、熱情親切形象，均為原住民族獲得正面肯定的族群形象。原住民族在諸多戰後漢族作家筆下，乃呈現多元樣貌；甚至於隨著時代變遷，而產生不同人物形象。（蔡政惠，2015：687-688）

　　劉得興從殖民的視角批判臺灣原住民族的漢語書寫，並語重心長地指出：

　　臺灣原住民族漢語文學開展至今已經邁入了二十年，早期的書寫策略是為了揭發殖民政權對原住民族群文化的摧殘與傷害，進而抵抗漢文化對原住民族的文化再殖民，此種策略雖然獲得了主流社會群體的善意回應，原住民族群本身也開始體會到傳統文化的傳承是族群發展的核心工作。雖然許多原住民文化工作者及文學家努力地為原住民族文化傳承而貢獻心力，但受到國語政策影響頗深的原住民社會似乎無法跳脫

漢化思維的繼續宰制，因而忽略了族群語言是延續傳統文化最為關鍵的環節。現階段的文學創作應該回歸到族群內部進行對話，如果族群內部的族人無法清楚地認識自己是誰？甚至無法透過族群語言來認識及講述自己的歷史與文化，恐怕將面臨跟臺灣平埔族相同的命運，他們雖然有心想要恢復族群的傳統文化，但族群語言早已被自己的族人們遺忘。（劉得興，2012：224）

　　無論是批判漢文化宰制下的原住民族群文化，抑或是慨嘆被遺忘的語言與神話故事，無不指出原住民文學的困境與所面臨的文化斷裂險境重重。相較於對原住民文學中的族群關係或文本中的原住民書寫的研究蓬勃，解嚴後對客家文學的族群關係研究則少很多，王慧芬（1998）《台灣客籍作家長篇小說中人物的文化認同》是較早探討臺灣客籍作家長篇小說人物所反映的文化認同與族群關係。陳康芬（2008）的客委會結案報告《政治意識、族群身分、與歷史文化──台灣現當代小說中的客屬作家》指出：

　　具有客家人身分的作家並不一定會選擇以客家身分或客家文化認同／客家意識，作為其創作導向或書寫策略。這兩者關係在台灣的延變，也必須要等到九○年代之後台灣本土文學興起，才浮現以族群身分認同或族群文化意識為書寫主體策略，並因之躋身作家行列的「本土」文壇，才漸漸產生可以相互呼應的對等性。因此，「客屬作家」與「客家書寫」在

九○年代以前，可以被視爲是一種「隱性的聲音」方式存在
於台灣現當代文學中。（陳康芬，2008：1）

　　這篇報告將九○年代以前的客屬作家與客家書寫視爲「隱性
的聲音」，呼應1988年「還我母語運動」以前「隱形的客家
人」的稱呼。同樣的論述觀點也出現在邱雅芳（2017）〈客家作
家在臺灣文學史的位置：以葉石濤、彭瑞金與陳芳明的臺灣文學
史書寫爲探討對象〉一文中。邱雅芳指出「本文爲何強調以『客
家作爲方法』來思考臺灣文學史，最重要的即是爲了打破客家過
去以來的『隱形』位置。」（邱雅芳，2017：269）這樣的思維
是站在多元共生的多元文化主義立場立論，強調以客家文學爲主
體的臺灣文學論述將豐富臺灣文學的內涵，其觀點如下：

　　唯有將客家文學與其他原住民文學、閩南文學、外省文學、
　　女性文學……並置，作爲方法之一來理解臺灣文學，臺灣文
　　學才能夠眞正顯現出其多元共生的意義，創造出獨特的臺灣
　　文學。以此進一步與其他世界（中國、日本、美國……）文
　　學相抗衡，而不再被這些大國文學所宰制。換句話說，客家
　　文學所具有的價值，不僅僅是對於客家族群或客家文化而
　　已，更重要的是讓臺灣文學不至於被扭曲，成爲其他大國文
　　學的附屬或化身。（邱雅芳，2017：266）

　　站在臺灣國族主義的立場，相關論述無不強調臺灣文學的獨

特性，「臺灣文學」共識的建構看來是臺灣想像共同體形構重要的關鍵環結，然而如何臺灣又怎樣文學，各族群正各自表述各展主體性（subjectivity）。陳震宇（2018）《世代、性別與族群交織的成長之路——甘耀明《殺鬼》與《邦查女孩》之比較研究》，該論文以客籍作家甘耀明所書寫的兩本重要族群關係小說為例，指出甘耀明在《殺鬼》中讓主角少年帕的血緣融合原（泰雅族）漢（客家），預言臺灣的未來走向：

> 甘耀明讓帕的血緣以台灣最邊緣的兩種族群客家與原住民匯集在一起，並非訴諸反抗的再現，而更有族群融合的展現。其客家背景帶出的是帕所保留的家鄉意識，即便帕在成為台籍日本兵的過程中對於日本有較多的國族認同，但仍有出入於客家原鄉的力量，讓帕得以保有一塊淨土得以歸返。而泰雅族的血緣提供給帕的神力，也讓帕在面對危難時得以清楚認識自己並克服困難。二者都暗示著帕的成長過程中保有對台灣在地連結，亦有台灣兼容並蓄多元民族的期盼。但國民政府的到來，加深了族群的對立與傷害，甘耀明對於後來者的批判也在此強化，台灣性的生成自此又被打壞平衡，而必須面對一個新的難題，這樣的成長過程訴說的是「後來者」始終對台灣族群的共榮造成影響，而影響需要時間沉澱，一九四○年代歷史與政治的快速變化，卻造成族群衝突再一次的加深，也對未來的未知世界有憂心與再出發的雙重意涵。（陳震宇，2018：150-151）

該論文也指出，《邦查女孩》中的主角是女性，古阿霞的血統也寄寓了甘耀明的族群融合想望，其結論提到在族群的意義上，《邦查女孩》融入更多的族群衝突議題：

> 不論是漢人移民、日本、或是國民政府所產生的外省與本省對立，都對古阿霞的原住民身分造成脅迫，而古阿霞身上的黑人血緣也是在越戰的背景之下所造成，古阿霞的雙重血緣事實上就是台灣歷史傷痕的匯流，但一如甘耀明在小說中所呈現的，甘耀明期盼的是更多融合與共同生存的可能，是以古阿霞得以正視自己的黑人血統並且與之和解，她認同邦查文化並為之發聲與傳遞，展現邊緣主體也是讓讀者得以正視台灣的邊緣族群與問題，甘耀明要透過小說中和諧共處的族群，傳達所有人都該被重視，也都該彼此尊重相處的期盼，這與《殺鬼》的結局中以族群的撕裂作結對照有相當大程度的不同，在與戰爭漸行漸遠的一九七〇年代，面對世界的經濟強權，台灣的族群之間也該正視彼此的歷史過往，然後尋找和諧共處的可能，才能有再出發的可能。（陳震宇，2018：152-153）

　　簡言之，客籍作家甘耀明除了大量運用不同的語言在其創作，主角身分的設定也頗具巧思，具體呈現了作者想望族群融合與和諧共生的人文關懷。

　　在作家的書寫之外，原漢族群接觸與衝突的民間文學相關研

究，則指出民間文本所再現的原漢接觸問題，例如鄭美惠（2007）《台灣原／漢族群接觸與衝突下的傳說研究——以漢人文本為主》以及蘇雅玲（2014）《黃南球傳說研究》。兩本論文都是探討原漢民間故事中與族群間接觸相關的民間文本，鄭美惠的研究指出，原／漢族群接觸與衝突下的各類傳說可以歸納為幾類：（1）流傳於漢人及原住民族群的土地爭奪傳說。漢人的傳說常見的主題有三，一是以武力強奪原住民的土地；二是原住民的自動讓（賣）予；三是以詐騙手段獲取原住民土地。原住民的傳說則以講述漢人利用種種手段騙取原住民的土地。（2）漢人「屙屎嚇番」傳說的智退原住民。（3）漢人「借斗還口」傳說用欺騙方式剝削原住民。（4）漢人與原住民衝突下的神明顯靈護佑漢人相關傳說與習俗。神明顯靈救助的相關傳說，學老族群的傳說以媽祖或王爺居多，客家族群另有三山國王的護佑。習俗則有因為遭原住民馘首而產生的有應公廟，以及被馘首者不上祖先牌位等。「食番肉」的故事是另一種漢人與原住民衝突的典型故事。

漢人文本所形塑的原住民形象總是「野蠻」而「愚蠢」，而原住民稱呼漢人的「百浪」一詞，也形塑了原住民心目中的漢人形象：壞人。文明與野蠻的相遇烙印在文字符碼中流傳，製造衝突。每一個記載或每一位說故事者或許都是無心的，但卻在書寫或故事的傳播過程中製造了歧視與傷害，想像的他者總是充滿故事性而又允許被誇大與製造效果。民間文本的集體無意識是族群關係再現研究的理想文本，然而並非每個族群都有足夠的被記錄

的文本可資研究，這也是研究最大的挑戰之處。

　　本文把這些敘事視爲社會的象徵性行爲，強調文學和文化的認識價值。換句話說，文學敘事最重要的功能便在於揭示社會生活中的矛盾和問題，作家往往提出了該時代的問題，以小說人物而言，作家藉小說人物突出地表現社會歷史中的衝突，最重要的衝突就是人的思想意識和社會基礎之間以及人與人之間的矛盾（陳然興，2013：167-172）。當然，我們也不能以爲所有文學敘事都再現了社會與歷史，而應該體認詹明信（Fredric Jameson）指出的重要問題：

> 我們不能把一切敘事矛盾簡單地與社會矛盾和意識形態衝突的再現等同起來，而應該充分考慮到，在一個消費社會中，敘事作爲文化娛樂的主要形式，它既可能創造某種新的敘事，從而揭示某種新的社會問題；也可能復活一切能夠引起人們消費興趣的舊的情節衝突模式，從而轉移社會矛盾。（陳然興，2013：175）

　　本文同意詹明信將敘事作爲話語（discourse）的一個看法，任何敘事都是人們有意識的文化創造，目的在於對社會生活進行編碼（encoding）。敘事活動就是一種話語交際的行動，「講故事」是社會中人際之間交流經驗、情感、思想的重要方式，交流的過程必然有協商也有爭論。文本的流傳和敘事被接受的過程（在各族群間被接受與傳播並信以爲眞），其實就是話語交際開

展的一種過程。

在這個定義底下，我們認為文學敘事與社會主導敘事編碼體係之間的關係、區別以及相互作用機制等等，是研究的重點。文學敘事話語並沒有一個客觀的所指（signified），而是一種對話、爭辯和意識形態鬥爭的場域，是整個已經存在的能指（signifier）體系。如果把敘事視為再現（representation），誰是敘事的主體而誰是客體成為探討的重點，「再現」與「主體性」的問題息息相關，也是本文關注的重點。

三、鍾肇政小說再現的族群與文化符碼探討

本文閱讀整理鍾肇政書寫時代的 11 本長篇小說：《濁流》、《流雲》、《沉淪》、《江山萬里》、《馬黑坡風雲》、《插天山之歌》、《八角塔下》、《滄溟行》、《川中島》、《戰火》、《怒濤》。其中《馬黑坡風雲》、《川中島》、《戰火》書寫霧社事件原住民的故事，其餘則書寫日本時代鍾老的所見所聞，透過小說家細膩的筆，描繪在時代的巨輪運轉下，不同族群之間的磨擦碰撞。字裡行間忠實地記錄了每一個時代小人物的生命歷程。閱讀文本，我們共同體會臺灣島上不同族群小老百姓的喜怒哀樂，見證時代的無情，感受族群的交流。

符碼（code）在符號學的定義下是用於溝通意義的中介符號。「文化符碼」（codes culturels）則是一個文化或次文化共享的意義系統，就作家的作品而言，每一位作家都反映了該時代的

文化現象。本文借用羅蘭‧巴特（Roland Barthes）閱讀巴爾扎克（Balzac）小說《薩拉辛》（Sarrasine）所創造出的五種文學符碼中的「文化符碼」進行探討（Barthes，2001：26-27；趙毅衡編選，2004：550-559）。為清楚說明小說文本中的族群文化符碼，本文使用「一般符碼」指稱與族群相關不帶價值判斷之文化符碼，「負面符碼」在本文的論述語境中則指稱與族群相關並帶負面價值判斷之文化符碼，這些符碼都以詞彙為例進行論述。透過文化符碼的分析，探討小說中所再現的族群關係。

　　鍾老的小說就是一部臺灣的史詩，小說文本書寫了不同的族群，他們在臺灣都是主角之一。只是我群與他者之間仍然不免有文化上的差異，也有彼此的刻板印象，表3-1整理這11本小說出現的與族群相關的符碼，經由閱讀整理，剔除重複，共計有91個符碼，其中有正面有負面，列舉如下：三本足、三腳仔、大陸人士、大陸的客家人、山刀、山地人、山胞、山歌、中國人、內地人（日本人）、凶蕃、友蕃、反抗蕃、支那人、支那兵、支那姑娘、支那娘、日本人、日本刀、日本仔（指警官，負面符碼）、日本式英語、日本妹子、日本話、日本蕃、日語、北京語、半山仔、四腳仔（日本人）、外省人、平地人、平埔蕃、本省人、本島人、生蕃、西洋人、亞洲人、官話、東方人、狗仔（罵日本人）、長山人、長山仔、長山兵仔、長山妹仔、長山客、長山婆仔、阿山、阿山仔、保護蕃、客家人、客話、客語、泉州人、突奴（意指人頭，文中指日本人或警察）、紅毛蕃、美式英語、美國人、英語、原住民、臭狗（罵日本人）、高砂族

（小說出現的有布農、阿美、排灣等）、國語（日本話、北京語）、張科羅（日人罵中國人的髒話）、從祖國來的、採茶歌、接收人員、梅縣人、塞達卡·達耶（山地人自稱，意為高山上的人）、「嫁給長山仔（或兵仔），還不如殺了給母豬吃」、腦丁、隘勇、滿洲人、滿洲語、漢文、漳州人、熊襲（日本古代棲息九州地方的番族）、福佬人、福佬話、臺灣人、臺灣妹仔、臺灣戲、蒙古人、閩南話、閩南語、標準語、豬（罵中國人）、豬玀（豬奴，日人罵中國人的髒話）、蕃人、蕃仔、蕃民、蕃薯、講閩南話的人。

這些符碼從表3-1的出版先後排序可以發現，在鍾老的小說裡，直至1993年出版的《怒濤》才出現本省人、外省人、原住民。客家人與福佬人的區分則早在1962年的《濁流》就已經出現。與社會科學家所指出的臺灣四大族群的形成時機：「本省人／外省人」的區分，出現時機：1970年代以後；「原住民／漢人」的區分，出現時機：1980年代初期；「客家人」／「閩南人」的區分，出現時機：1980年代中期以後；「外省人／閩南人」的區分，出現時機：1990年代以後。（王甫昌，2003：53-63）並不相符，卻符合一般對閩、客分群的認識。

在這些符碼裡，我們將非關臺灣的符碼如：西洋人、亞洲人、東方人、紅毛蕃、美式英語、美國人、英語、蒙古人扣除，可以分為三大類討論：「中國人／日本人／臺灣人」、「漢人／客家人／福佬人」、「原住民」。

表3-1：鍾肇政小說的族群相關符碼

編號	出版年	書名	文化符碼
1	1962	濁流三部曲（一）濁流	日本蕃、支那人、平埔蕃、客家人、福佬人、狗仔（日本人）、四腳仔（日本人）
2	1965	濁流三部曲（三）流雲	臭狗（罵日本人）、四腳仔、講閩南話的人、客家人、支那兵、臺灣戲、客語（客話）、閩南話（閩南語）、臺灣人、本島人、梅縣人、日本仔（警察）、生蕃、山歌、採茶歌、臺灣戲、漢文、北京語、國語、日本話、標準語
3	1967	臺灣人三部曲（一）沉淪	長山人、支那人、臺灣人、日本人、內地人、日本蕃、狗仔、四腳仔
4	1969	濁流三部曲（二）江山萬里	日本人、內地人、熊襲（日本古代棲息九州地方的番族）、客話、福佬話、國語（日本話）、英語、支那人、長山人
5	1973	馬黑坡風雲	霧社事件（1930 年 10 月 27 日）山胞（蕃人、蕃民、山地人）、內地人（日本人）、塞達卡‧達耶（意爲高山上的人）
6	1975	臺灣人三部曲（三）插天山之歌	日本人、臺灣人、支那人、狗仔、隘勇、腦丁、蕃人、蕃仔、平地人、山地人
7	1975	八角塔下	內地人、台灣人、蕃人、本島人、日本仔（警官）、中國人、支那人、張科羅（日人罵中國人的髒話）、豬玀（豬奴）、四腳仔
8	1976	臺灣人三部曲（二）滄溟行	日本仔（此處爲警官代名詞）、本島人（臺灣人）、臺灣人
9	1985	川中島	突奴（意指人頭、日本人或警察）、反抗蕃、保護蕃、凶蕃、友蕃、生蕃

編號	出版年	書名	文化符碼
10	1985	戰火	內地人、本島人、台灣人、高砂族（布農、阿美、排灣）、中國人、山刀、日本刀
11	1993	怒濤	支那姑娘、日本人、梅縣人、英語、北京語、漢文、長山人、日語、滿洲語、大陸的客家人、蕃薯（臺灣）、三本足（三隻腳）、半山仔、蒙古人、滿洲人、客家人、四腳仔、本島人、內地人、阿山仔、阿山、長山客、豬、張科羅、原住民、台灣人、紅毛蕃、東方人、美國人、西洋人、亞洲人、支那人、從祖國來的、大陸人士、接收人員、美式英語、日本式英語、國語、官話、三腳仔、長山妹仔、支那兵、支那娘、日本妹子、長山婆仔、台灣妹仔、長山仔、長山兵仔、「嫁給長山仔（或兵仔），還不如殺了給母豬吃」、蕃薯和豬（本省和外省）、漳州人、泉州人、福佬人、外省人、山地人

資料來源：作者整理

（一）日本人／中國人／臺灣人

　　這一組的人群分類屬於國族層次及殖民者與被殖民者的身分認同符碼生產，也有我群與他者之間的負面印象所生產的負面符碼。表3-2整理中國人／日本人／臺灣人在鍾老小說中出現的不同符碼。

　　「日本人」和「中國人」是前後的統治者，小說中的負面符碼都多於一般符碼，充分表現時代色彩。關於日本人的相關描寫

表3-2：鍾肇政小說「中國人」、「日本人」、「臺灣人」的符碼
整理

族群	一般符碼	負面符碼
日本人	日本人、內地人、日本妹子、日本刀、日本話、日語、國語（日本話）	日本仔、日本式英語、日本蕃、四腳仔、狗仔、突奴、臭狗、熊襲（日本古代棲息九州地方的番族）
中國人	中國人、大陸人士、大陸的客家人、北京語、外省人、官話、長山人、長山兵仔、長山妹仔、長山客、國語（北京語）、從祖國來的、接收人員、滿洲人、滿洲語、標準語	三本足（三隻腳）、三腳仔、半山仔、長山仔、長山婆仔、阿山、阿山仔、張科羅（日人罵中國人的髒話）、豬（罵中國人）、豬玀（豬奴，日人罵中國人的髒話）、支那人、支那兵、支那姑娘、支那娘
臺灣人	臺灣人、本島人、本省人、臺灣妹仔、臺灣戲	蕃薯

資料來源：作者整理

舉兩例如下：

> 文子確實與一般日本人不同，尤其與一般日本女性大不相同。維樑這兩年來經常與日本人接觸，早就感覺出他們絕大多數抱著一種優越感，認定臺灣人確乎是劣等的民族，懶惰、骯髒、迷信、貪婪、膽小、懦弱、卑屈、狡猾、陰險，這些惡習與低劣品性，都集中在臺灣人身上，因而根本不放在眼裡。維樑就從來到店裡的顧客的神色上，經常感到這種輕蔑的眼光。（鍾肇政《臺灣人三部曲（二）滄溟行》，2005：49）

記得當我看著兩個在「默禱」時不規矩的小朋友被古田亮一毆打時，我想起了自己被那個日本瘋狗教師痛打的往事。那時，我沒有能得到一個結論，如今我完全明白過來。那是日本人與臺灣人的對立具體化的事件，至少在那個瘋狗教師當時心目中，是有著那種對立概念的，他之所以說「這是日本人與臺灣人的打架」這樣的話，原因正在此，雖然他只是因為學生們不聽指使，為了洩憤而找上我一個人，可是他一定瘋狂了，打算藉那把小洋刀來謀殺我。如果我稍微勇敢些，可能已握著那把小刀撲向他，那樣一來，他一定可以輕而易舉地制服我，甚至刺殺我，而他自己可以「正當防衛」洗脫謀殺罪嫌。多麼可怕！日本人竟是用這種心情來看待臺灣人的！所謂「皇民化教育」，「一視同仁」，只不過是表面文章而已，美麗的謊言而已！

我慚愧，行年二十方懂得這個道理。原來，我竟是這麼個懵懂無知的人物。小孩子都知道管日本人叫「狗仔」、「四腳仔」，我這個人卻一定要到受完五年的中學教育，教了半年書，嘗了這許多苦楚，摸索了這麼久，方才懂得一切，我真禁不住又要詛咒自己了。（鍾肇政《濁流三部曲（一）濁流》，2005：291-292）

關於外省人的相關描寫指出本省人的幻滅，小說描寫如下：

這一點，當然說是差不多，也不算錯誤，但是，我想還是有

不同的地方。首先，那邊的人和我們就不同。他們蟲一般地互相殺戮，殺人、被殺，早就習慣了。這點我是親眼看過來的。我們這邊也還有蕃薯和豬的不同，就是本省外省啦。我覺得，蕃薯本來好像就有一種排他性，這也許是由於出外人根性，加上過去都是被欺負的歷史所造成的。也許這也是一種防衛本能吧。因此，同樣是蕃薯，也互相爭執。例如從前是漳州人和泉州人，還有福佬人和客家人，蕃薯和日本人不用說也是。所以外省人來了，起初大家都說是同胞啦，手足啦，末了是領悟到阿山的卑劣，結果感到無可比擬的幻滅。我說的是無可比擬的幻滅，這個懂不懂？（鍾肇政《怒濤》，1993：258）

日本人是「狗」，外省人（中國人）是「豬」，本省人（臺灣人）是「蕃薯」，這些帶負面的符碼不停地出現在小說中，標籤化他者和我群，並築起無數高牆，區分彼此。「日本人」和「中國人」是統治者，相對於被統治的「臺灣人」，顯然是製造許多不公不義回憶的可惡的人。小說中對日本人的結論是「日本人竟是用這種心情來看待臺灣人的！所謂『皇民化教育』，『一視同仁』，只不過是表面文章而已，美麗的謊言而已！」對中國人的結論是「外省人來了，起初大家都說是同胞啦，手足啦，末了是領悟到阿山的卑劣，結果感到無可比擬的幻滅。」小說不停地提醒讀者，統治者（日本人、中國人）所編織的美麗謊言以及那些對臺灣人的所有不公不義。

（二）漢人／客家人／福佬人

「漢人」這個分群目前接受的詮釋是使用漢字的族群，在臺灣較大的兩群就是「客家人」和「福佬人」。在鍾老的敘事裡，通常用「平地人」與「山地人」相對，「平地人」就是使用「漢文」的「漢人」。「客家人」和「福佬人」在小說中所使用的符碼整理如表3-3。

在這一組人群分類裡看不出來有負面的符號，不過小說中仍有相關刻板印象的描寫，例如：

> 記得從前在五寮時，父親有個酒友，是個幹木匠的粗人。他的話幾乎每一句都是「幹伊娘」或「賽伊娘」開始的。在我的印象裡，講閩南話的人很多都慣常地使用著這個下流字眼，可是在客家人裡，這種情形倒是很少接觸到的。可能這是因為過去我與鄉人們的接觸較少的緣故，也就因為如此，阿全的話給了我很特別的印象。（鍾肇政《濁流三部曲（三）流雲》，2005：22-23）

小說敘事中的敘事者可能由於家庭背景屬於受教育程度較高的階級，因此不常聽到客家人講髒話。然而我們明白，髒話的使用並不分族群，過去很長一段時間，臺灣影視等相關媒體的語言使用被新聞局管制，好人都是一口標準國語，壞人則是滿口福佬話，這些背景加深了相關族群的刻板印象，不同文本也因此不自覺複製相關敘述，而製造了講某種語言的人群較為低俗的印象。

表3-3：鍾肇政小說「漢人」、「客家人」、「福佬人」的符碼整理

族群	符碼
客家人	客家人、客話、客語、採茶歌、梅縣人、腦丁、隘勇、「嫁給長山仔（或兵仔），還不如殺了給母豬吃」
福佬人	福佬人、泉州人、漳州人、福佬話、閩南話、閩南語、講閩南話的人

資料來源：作者整理

（三）原住民

原住民在鍾老小說中出現的符碼有：

一般符碼：塞達卡・達耶、原住民、高砂族、山地人、山胞、山刀

負面符碼：蕃人、蕃仔、蕃民、凶蕃、友蕃、反抗蕃、平埔蕃、生蕃、保護蕃

除了塞達卡・達耶（意為高山上的人）是原住民族群使用的符碼、高砂族由日本人命名，其他都是漢人使用的符碼。鍾老在小說中如此描寫：

> 我原來祇知道，泰耶魯是台灣深山裡的生蕃，未開化的野蠻人，而且還是喜歡獵取人頭的可怕蠻族。有一雙獵狗般發出兇光的眼睛，臉上塗滿油彩，赤裸著身子，在密林裡猿猴一般地來去自如。我是下了最大的決心，才參加這個工作的。我知道這是很大的冒險。是大家都知道的，這是要拿性命來做賭注的工作。（鍾肇政《川中島》，1985：136）

大家都能征慣戰，勇邁堅強，而且不分內地人、台灣人、高
砂族。衣服破爛，也是大家一樣，餓肚子呢，也無分彼此。
這一點在他們是最大的安慰。有些人還更進一步，偷偷地在
內心燃燒著矜持與誇耀：高砂族才是真正強的。真的，他們
祇要一腳踏出營地，進入叢林，便可以找到東西吃。他們知
道哪裡會有一些小野獸；怎樣的植物，可以吃果實、嫩芽。
當他們能把弄到手的東西，分一些給長官和內地人同袍吃的
時候，他們感到最高的榮耀。他們總是那麼勤奮、慷慨，而
且還謙虛呢。（鍾肇政《戰火》，1985：241-242）

不論是「生蕃」還是「高砂族」，描寫的是原住民在叢林中
生存的本能非常優越，敘事語氣中帶有強烈的崇拜與敬仰。

四、鍾肇政小說中的人群分類與反思

小說文本中的人群分類我們深知有其時代背景，擁有話語權
的知識生產者，理應更謹慎小心地使用這些文化符碼。然而，政
治是最文學的而文學是最政治的，移民文化為建立自我族群合法
性而訴諸的排他原則：福佬人、客家人、漳州人、泉州人、本省
人、外省人等等的標籤化命名，在在顯示有形無形資源的相互競
爭。文本中的符碼（code）製造，並非作者隨意的創作，而是在
特定歷史場景中的符碼生產。該文化符碼反映的是該歷史時期的
社會共識或偏見，無論是民間文本或作家創作，都離不開時代的

刻痕。換句話說，不同符碼所展示的集體「無意識」，無不暗示該時代的族群關係，或者詮釋爲該時代的族群想像。

詹明信提出「政治無意識」（The Political Unconscious）的概念，探討文本中的集體無意識如何運作，人們如何經由各類「文本」建立與形塑他我關係。詹明信指出，敘事是一種社會的象徵性行爲，而文學作品可以說是階級無意識的象徵性表達。這位結合意識形態分析及拉岡（Jacques-Marie-Émile Lacan）語言結構心理分析的重要理論家，提示我們一個重要的方向，臺灣當代的族群關係雖然是經過不同歷史時期的重層鏡像疊合而成，卻也顯示當代的臺灣人如何詮釋這些族群關係才是關鍵之處。

此外，「新歷史主義」（New Historicism）的研究視角提醒我們，各類文本中的歷史建構與族群想像，是族群關係相關研究的極佳材料。「新歷史主義」的「新」其實是對「歷史主義」所堅信的詮釋「前理解」的假設的一種對抗。「歷史主義」假設在一個穩定的社會共同體中，有某種公共而默認的知識代代相傳，構成了理解文本的基礎，只有超越自身的歷史視域，才能正確理解作者或者公共知識。「新歷史主義」質疑這種假設，並認爲「前理解」或者所謂的「作者意圖」僅只是當下的意識形態表現，關鍵是要理解背後的話語生產模式。「新歷史主義」採取的研究方式是挖掘邊緣化的話語，以對抗單一的中心敘事，試圖對歷史進行重構。

人們對過去的詮釋意味著對未來的想望，我族與他者之間的歷史共識是一種集體知識的生產，值得思考的是，文本中的族群

文化符號是如何被集體想像與再現的，而這些被再現的族群符碼，是如何透過社會實踐的方式被傳承與再造。透過文本反思，族群問題顯然不會消失，如何經由研究的過程建構族群共榮與知識共享的臺灣新榮景，才是閱讀的最終目標。

五、結語

文學敘事最重要的功能便在於揭示社會生活中的矛盾和問題，作家往往提出了該時代的問題，以小說人物而言，作家藉小說人物突出地表現社會歷史中的衝突，最重要的衝突就是人的思想意識和社會基礎之間以及人與人之間的矛盾。敘事活動就是一種話語交際的行動，「講故事」是社會中人際之間交流經驗、情感、思想的重要方式，交流的過程必然有協商也有爭論。文本的流傳和敘事被接受的過程（在各族群間被接受與傳播並信以為真），其實就是話語交際開展的一種過程，閱讀不同時代的文本，提醒我們時代留下的傷痕，也提供我們反省的材料。

本文整理分析鍾肇政 11 本有較多族群書寫的長篇小說，找出 91 個文化符碼，並分為三大類討論：（一）中國人／日本人／臺灣人；（二）漢人／客家人／福佬人；（三）原住民。第一類屬於國族層次，小說中對先後來臺的統治者「日本人」及「中國人」使用極多的負面符碼。第二類漢人則極少負面符碼。對於原住民雖使用了不少當代看來較為負面的符碼，不過小說中對原住民的崇拜與嚮往敘事俯拾皆是，突顯小說家的敘事偏好，也讀

得出敘事者對弱勢的關懷，是書寫中最純粹的情感交流。

　　本文認為，歷史並不會被書寫還原，書寫文本已經是歷史的一部分。族群的故事也會一直流傳，臺灣族群關係的未來則有待你我繼續研究。

第四章

客家文學的女性形象建構：臺灣現代詩與小說

　　性別研究的重點在解構人類社會過去對生物性及社會別的僵固思維，臺灣自解嚴後，許多過去因專制獨裁而無法討論的議題逐漸浮現，政權幾經轉移，自由民主的環境讓弱勢勇於發聲。然而性別課題的政治敏感卻並未因解嚴而獲得解放，其中隨著解嚴後本土化運動而被重視的客家文學是值得探討的對象。處於邊緣的客家文學雖然努力確立自己的中心位置與本土正確，卻無法擺脫中國／臺灣文學史書寫中邊緣中的邊緣的現實，女性在客家文學的文本書寫裡也位於邊緣。

　　本章探討客家文學與女性，並且整理關於「女性形象」的研究，最後概括女性形象在客家文學中的建構，本章歸納了客家現代詩及小說文類中的三種客家女性形象：勤苦犧牲而堅毅的形象；想望追求自由的形象；活潑具男子氣概的形象。文本中性別的展演無處不有，如何警覺地閱讀文本、反思文本，解構文本中的性別無意識，值得持續關注。

一、前言：關於客家文學與女性

　　客家文學與女性的邊緣位置充滿討論空間，本文認為，「客

家文學」和「女性」同樣是被建構出來充滿想像同時內涵豐富的符號能指（signifier）。知識論述的形構與特殊時空背景息息相關，「客家文學」這個名詞彭瑞金認為是1982年由張良澤於紐約演講時提出（彭瑞金，1993a：30），直至1990年「客家雜誌社」邀請專家學者召開座談會討論「客家文學的可能與限制」（黃恆秋，1993：42-62），「客家文學」的相關論述於焉成立。這與1988年12月客家族群針對當時國家傳播沒有客家話而產生的「還我母語（客家話）運動」直接相關（王甫昌 2008：18-19），還我客家話運動是臺灣客家文化主體意識出現的象徵，開啟全臺灣「客家族群」的集體群族想像，逐漸形塑今日臺灣的客家想像共同體。

　　1970年代的「鄉土文學」論戰啟蒙了本土文學的相關論述，而臺灣意識高漲下的臺灣話文建構促使客家族群思考「客語」的位置，「客家文學」於是在鍾肇政、李喬、羅肇錦等幾位作家與學者的強烈論述下，逐漸成為臺灣文學的新命題（王幼華，2008：291-296）。第一次政權輪替後，客家委員會於2001年的成立也扮演了關鍵性的角色，自客家委員會成立後，「客語文學」的討論與推廣如火如荼，用客語書寫標識了客家族群的集體焦慮。從「客家文學」到「客語文學」，論述的轉變呼應客家族群對客語流逝快速的觀察，本文使用的「客家文學」包含客語文學。「客家文學」在文學場域的討論，與女性在文學作品中的「他者」位置類似，而客家文學中的「女性」則是「他者」的「他者」，論者指出臺灣客家文學主要表現在以女性為主導的特

質（彭瑞金，1993b：80-102），客家文學中女性形象的建構有其討論的價值。

性／別的文本研究目的在反思符號系統建構的兩性形象如何將男性建構爲主體而女性永遠是「他者」。相關論述甚至直接指出，我們所處的社會是個以男性、異性戀爲中心的世界，因此，當我們使用既有的文字論述任何議題的同時，也就接受了這個「男性、異性戀中心」的控制，呼籲語言改革成爲部分女性主義者的職志，例如反對用「men」指涉所有人類等等（Saul，2010：187-221）。即使超過半個世紀以來，解構主義者們努力地「去中心」，想要解構「男性、異性戀中心」的神話，這些努力看起來還有漫漫長路。

同樣的，在臺灣，客家文學的相關研究從1988年「還我母語運動」開始醞釀至今，已有將近三十年的歷史（黃玉晴，2016），這個客家文學自覺的路仍在進行中。思考「性」與「別」、「客家」與「非客家」往往立基於「我是誰？」的探討，唯有不停地進行思辨閱讀，意義才能自我展現。族群主體與本土認同、性別多元與傳統價值、經濟發展與環保意識，既對立又混雜，這些不同主體話語的彼此競爭辯證，形構今日多元而紛雜、異質而焦慮的當代臺灣社會。

二、性別無意識：「女性形象」研究

女性主義者對「女性形象」的研究歷史悠久，相關研究認爲

美國學院於 1972 年出版的《小說中的女性形象：女性主義的觀點》（ *Images of Woman in Fictions: Feminist Prespectives* ）經典論文集教科書，具有關鍵地位，書中論文主要探討作品中的女性刻板印象，研究指出「研究小說內的『女性形象』幾乎等同於研究小說內錯誤的女人形象，不論是在男或女作家的作品中。文學中的『女性形象』幾乎都被定義成相對於現實生活中的『眞人』，好像文學永遠無法向讀者傳遞正確的女性形象一般。」（Moi，2005：51-52）

　　透過質疑，文本中的女性形象是否眞實再現眞正的女性曾經成爲討論的主題。而學者指出早期研究歸納美國小說中的女性原型有兩類：「Rose 羅絲」（玫瑰）和「Lily 李莉」（百合花）。帶刺的玫瑰（羅絲）象徵有獨立反抗精神的女性，美麗柔弱的百合花（李莉）則是馴順而受到傷害的女性。

　　其後學者細心地在文本中找到了一種內在、神話式的原型女性模式，其特徵是不定型、被動、不穩定、歇斯底里、封閉、狹隘、實用、虔誠、研究物質、追求精神、缺少理智、馴順而又固執。女性主義批評於是進一步論述這些原型重複在文本中蔓延卻與眞實女人相去甚遠的原因，並討論其政治權力的運作與這些形象對女性個人意識形塑的影響（王逢振，1995：71-82）。被動而不穩定、歇斯底里、不理智、馴順等等可以視爲古今中外一種普遍的女性神話，是文本中建構的穩定結構。男性凝視的視覺影像則經常出現兩種女性形象「天使」與「淫婦」（黃儀冠，2012：280）以迎合男性的欲望。

書寫中展現的女性形象多元而豐富，研究者建構了「饑餓的女人」譜系，認爲國家饑饉常藉女性意象重現，女性是受苦受難的符號象徵，因此「饑餓常在中國現代史中出現；饑餓的女人則常在中國現代小說中出現。」（王德威，2007：205）譜系論述始於魯迅筆下的「祥林嫂」，吃人社會中弱勢中的弱勢形象，象徵匱乏、空缺的符號能指，路翎建構的饑餓「郭素娥」，其屍體緩慢腐爛在封建地盤上，張愛玲的「譚月香」勇於面對饑餓，直指精神食糧的虛僞，自私而實際地自謀生路，陳映眞的「蔡千惠」映證肉身即道場，於自我挨餓中漸漸死亡，這些「饑餓的女人」寄寓了一代知識份子對家國、革命的想望與失望。較爲不同的是虹影的《饑餓的女兒》，她以自傳的形式回憶大陸饑饉匱乏的成長過程，書寫與探討的依舊是人吃人的主題（王德威，2007：205-250）。「饑餓的女人」形象成爲書寫中的具體能指，在時代的巨輪下鮮明而意義深刻。

　　「饑餓的女人」形象是知識份子寄寓家國大敘述的女性形象之一，與《詩經》的比興傳統、《楚辭》的香草美人政治隱喻遙相呼應。而書寫文本中佔大多數的則是「柔弱被欺凌的女人」形象，在傳統與家長權威下苟延殘喘，甚至結束生命，楊雲萍〈秋菊的半生〉寫秋菊物化的人生，最後投水自盡。日本時代創作的小說女性形象是被欺凌而無力反抗下場悲慘（歐宗智，2002：24-31）。女性意識覺醒後出現了不少替女性發聲，鼓勵女性自覺的作品，而像李昂《殺夫》則直接透過林市的殺夫對抗無所不在讓人饑餓的人吃人社會。女性形象在文學作品中的再現與研究

反映了一代人對性別認同的焦慮，而女性的發聲，鬆動了語言文字的傳統，也解構了象徵秩序所賴以穩定的信條。

關於客家女性形象在文學文本中的展演，論者曾探討客籍與非客籍作家的作品所呈現的不同女性形象，認爲非客籍作家作品中的女性形象通常表現爲被虐待、強姦、自殺，被迫當妓女、姨太太，被典、被鬻等等，描寫舊社會女性「奴隸的奴隸」的形象（彭瑞金，1993：91-92）。而客籍作家的作品如吳濁流、鍾理和、鍾肇政、李喬等所塑造的理想女性「都是沒有受過教育，面孔並不姣差，出身寒門，身世坎坷的女子，但無論是面對個人的境遇和家族的大困境，她們都是無所不能的包容寬廣，和隱形的擎天大柱，非常貼切《客家研究導讀》中的客家女子特性。」（彭瑞金，1993：98）

《客家研究導讀》中的客家女性是勞動勤儉的女性，「客家婦女，在中國，可說是最堅苦耐勞，最自重自立，於社會，於國家，都最有貢獻，而最足令人敬佩的婦女了。」（羅香林，1992[1933]：241）。客籍作家小說中的女性「呈現了傳統社會的女性面貌，如鍾理和《笠山農場》中的阿喜嫂、〈貧賤夫妻〉中的平妹，鍾肇政筆下的奔妹、銀妹，或是李喬筆下的燈妹。」（張典婉，2004：54）客家母親形象在民間文學〈渡子歌〉裡更是形象鮮明，勤勞犧牲幾乎是客家女性的代名詞（黃菊芳，2011：157-175）。

雖然是傳統社會的女性，在不同的作家筆下仍有不同的形象表現，研究者歸納鍾理和筆下的女性描寫著重青春洋溢與堅強不

屈，鍾肇政勾勒勤奮圓潤的女性形象，李喬書寫自苦難中蛻變以及痴傻無助的多樣女性形象，在書寫策略上，鍾理和著重面貌的刻畫，鍾肇政著重身形的描繪，李喬著重饑饉的塑造（劉奕利，2005：232-258）。李喬對「飢餓的女人」的著力描寫，可以放在王德威的譜系裡論述，只是李喬的家國想像顯然與臺灣母土緊密連結，所寄寓的是新的國族想像與革命論述。

即使是同一個作家，仍會在作品中形塑不同的女性形象，無論是性情、外形或遭遇，寫實的鍾理和在小說《笠山農場》中描繪的女主角淑華是個性坦率自然而氣質獨特的女性，燕妹的表現熱情大方而直接，瓊妹柔順憂鬱有出世想法（鄭慧菁，2009：248-249），這些細膩的區分確實突顯了不同作家的書寫特色與策略。

除了小說中的客家女性形象之外，研究者指出四類現代客語新詩中呈現的客家女性形象：（1）勤儉、勞動的形象（邱一帆〈輔娘人〉、廖祖堯〈客家介細阿妹吧〉、曾貴海〈阿桂姐〉、張芳慈〈甜粄味〉）；（2）聰慧、文思敏捷的形象（曾貴海〈清早个圳溝〉）；（3）嚴苛標準下懶惰的形象（黃恆秋〈豺嘴〉）；（4）「大地之母」的母親形象（劉慧眞〈供一隻細人仔〉、邱一帆〈擎钁頭个婦人家〉、〈言天光个灶下〉）（林櫻蕙，2004：99-128）。從客語新詩作品中的女性形象分類可知，大部分客語新詩作品描寫的客家女性形象主要是「勤勞節儉的母親形象」。

大量的文本將做為能指的「客家女性」與所指（signified）

「勤勞犧牲」緊密連結。不過以女性爲主體的女性詩人筆下的女性形象則稍異於這個形象，杜潘芳格的詩作呈現女性大地之母的形象，〈相思樹〉寫本土認同與女性自覺，並用「相思樹」帶出「我也是／誕生在島上的／一棵女人樹」；利玉芳的詩作表現女性跨越自我的形象，對於女性身體自主與大膽的情慾書寫，直接向傳統社會挑戰；張芳慈的作品則展現生態戰士的女性形象，經濟文明對自然生態的破壞就像男性主體對女性他者的任意擺弄，詩作中充滿生態保護與女性主體認同的意象（林惠珊，2010：71-171）。

　　這些研究指出了文本中的客家女性形象大部分是以男性爲中心的傳統社會機制所集體凝視（The gaze）的結果，具有女性意識的作家則在既有的性別框架與象徵秩序裡努力對話爭取話語權，建立女性主體認同。客家文學裡的客家女性形象描寫提供我們論述欲望主體與客體之間的微妙關係，一種互爲主體的欲望對象，開啓論述的各種可能。

三、客家文學中的女性形象建構

　　「女性」在書寫中處於他者的位置，被書寫者凝視、挪用、轉喻、自我凝視，本文試圖詮釋客家文學脈絡下的女性形象建構，化約爲三種形象建構：勤苦犧牲而堅毅的形象、想望追求自由的形象、活潑具男子氣概的形象，藉以探討客家文學作品中的女性形象建構與相關隱喻。

（一）勤苦犧牲而堅毅的形象

我們在許多客家文學作品中觀察到與美國文學中發現的羅絲（象徵有獨立反抗精神的女性）與李莉（馴順而受到傷害的女性）不同的女性形象，既非帶刺的玫瑰（羅絲）也不是美麗柔弱的百合花（李莉），而是堅強勤苦犧牲奉獻的堅毅形象。鍾理和敘事裡的「平妹」是他的妻子的寫照，平實的文字裡蘊含沉重而深情的對妻子的不捨與不忍，而「平妹」的形象，與大家喜談樂道的客家女性形象幾乎一致：「在這數年間，平妹已學會了莊稼人的全副本領：犁、耙、蒔、割，如果田事做完，她便給附近大戶人家或林管局造林地做工。我回來那幾天，她正給寺裡開墾山地。她把家裡大小雜務料理清楚，然後拿了鐮刀上工，到了晌午或晚邊，再匆匆趕回來生火做飯。她兩邊來回忙著，雖然如此，她總是掛著微笑做完這一切。」（鍾理和，2009：132）鍾理和的文字風格寫實而貼近生活，平妹就是妻子台妹的形象，這個堅毅異乎常人的堅強女性不僅僅只是文本的再現，而是與鍾理和朝夕相處的女性，也是大量客家文本複製的女性形象。

曾貴海的〈夜合——獻分妻同客家婦女〉這樣描寫客家女性：「日時頭毋想開花／也沒必要開分人看／臨暗日落後山／夜色趁山風踴來；夜合佇客家人屋家庭院／恬恬打開自家介體香／河洛人沒愛夜合／嫌伊半夜正開鬼花魂／暗微濛介田舍路上／包著面介婦人家／偷摘幾蕊夜合歸屋家；勞碌命介客家婦人家／老婢命介客家婦人家／沒閒到半夜／正分老公鼻到香；半夜老公／

捏散花瓣放滿妻仔ㄟ圓身／花香體香分毋清／屋內屋背夜合花蕊全開」（曾貴海，2000：15-17）。全詩以「夜合花」隱喻客家婦女勞碌的形象，有意思的是客家婦女白天勞碌，晚上還要滿足丈夫的性欲需求，「夜合」的性暗示更加突顯客家女性的「辛勞」。此詩曾被演為歌舞劇，甚至曾在研討會的場合有人建議「夜合花」可以視為客家女性的代表，正如桐花代表客家人。鍾鐵民為曾貴海寫的序裡指出：「〈夜合〉清楚的描繪出客家女性的特質，運用象徵和譬喻的手法，展現了客家女性那種堅強勤苦又溫柔羅曼蒂克的形象。」（鍾鐵民，2000：2）彭瑞金也在序裡詮釋客家婦女：

> 〈去高雄賣粄仔个阿嫂〉寫遠從佳冬黎明即起，踏著濛濛月光出門，到高雄販售粄仔的婦女，再挑著月光回家操持家務。〈背穀走相趨仔細妹仔〉描寫年輕的客家女性，背穀包如賽跑。〈阿桂姐〉是上學的客家女知青，放下書包照樣挑起尿筒澆菜。洗衣、割稻，勞動終日的客家婦女深夜始眠，和夜裡的始香的「夜合」十分貼切。我想詩人刻意要傳達的，正是這種勞動非苦，勞動是香的客家思想、客家生活觀。（彭瑞金，2000：7-8）

　　無論是鍾鐵民還是彭瑞金的詮釋，都直指客家婦女的勞動形象成為能指，至於其所指究竟是「香」還是「苦」，大概要視詮釋主體而定。「象徵界」位於拉岡主體三層結構中的他者這一

塊，也就是社會傳統制約的種種限制，個體在社會化過程中被賦予的形象制約，「夜合」可以視爲客家女性的隱喻，象徵「大他者」（父權男性中心社會）所形塑的男性理想的女性形象（犧牲奉獻、無聲）。

這個形象是多數文本中對客家女性的普遍象徵。鍾肇政〈魯冰花〉的「古茶妹」，即使很喜歡畫畫，也很乖巧地爲了家計自己放棄畫畫的機會，成就弟弟古阿明的畫畫天才，「茶妹發覺到，自己對畫畫忽然變得出奇的喜歡，美術訓練的時間也使她依戀。但是，這是爲了媽媽，媽媽是那樣忙啊。是的，早些回去，多幫她一點，這也許比畫畫更有意義呢。」（鍾肇政，2004：58）作者無意識地放棄了古茶妹而成就了她爲弟弟及家人犧牲奉獻的形象。

吳濁流的〈水月〉書寫日本殖民體制下臺灣知識份子的升遷無望與不平等待遇，安排清醒的妻子「蘭英」自朝做到晚，一天睡不到四小時，映襯主角「仁吉」的昏睡與不切實際，「蘭英」「總是憂心重重地從朝做到午，才得到片刻的休息，然後再做到日將落山，夕陽燒紅了半邊天的時候，才疲倦不堪地背著嬰兒回家。回到家裡放下嬰兒，馬上就要到廚房燒飯，餵豬，照料雞鴨，又不能專心照顧孩子了。孩子們有的吵吵鬧鬧，有的被蚊子叮得紅紅腫腫的，有的冷得像龜兒縮頭頸。她在忙亂地煮飯燒菜，等到安排好晚飯，大家才能圍著桌上如豆的燈火吃飯，飯後她還要編大甲帽，大概每夜總要織到十一、二點才能休息。」（吳濁流，1991：15-16）

〈水月〉是吳濁流的第一篇小說創作，蘭英的形象是無怨無悔全心奉獻。清末民初黃遵憲的〈送女弟〉早已對客家女性的劬勞奉獻發出不平之鳴：「中原有舊族，遷徙名客人。過江入八閩，展轉來海濱。儉嗇唐魏風，蓋猶三代民。就中婦女勞，尤見風俗純。雞鳴起汲水，日落猶負薪。盛裝始脂粉，常飾唯幕巾。汝我張黃家，頗亦家不貧。上溯及太母，劬勞無不親。客民例操作，女子多苦辛。送汝轉念汝，恨不男兒身。」（黃遵憲，1968：4）詩人對客民女子多苦辛的現象充滿同情。

客家童謠〈勤儉姑娘〉大概是這個形象的直接形塑：「勤儉姑娘，雞啼起床。梳頭洗面，先煮茶湯。灶頭鑊尾，光光端端。煮好早飯，剛剛天光。灑水掃地，擔水滿缸。食完早飯，洗淨衣裳。上山撿柴，急急忙忙。淋花種菜，燉酒熬漿，紡紗織布，毋離間房。針頭線尾，收拾櫃箱。毋說是非，毋敢荒唐。愛惜子女，如肝如腸。留心做米，無穀無糠。人客來到，細聲商量。歡歡喜喜，檢山家常。雞春鴨卵，豆豉酸薑。有米有麥，曉得留糧。粗茶淡飯，老實衣裳。越有越儉，毋貪排場。就無米煮，耐雪經霜。檢柴出賣，毋畜私囊。毋偷毋竊，辛苦自當。毋怨丈夫，毋怪爺娘。此等婦人，正大賢良。人人說好，久久留芳。能夠如此，真好姑娘。」（陳運棟，1978：232）勤儉從小內化，好姑娘一定要有能力打理家中田裡的大小事。

勤勞的相反就是懶惰，〈懶尸妹〉這樣形容：「懶尸妹，懶尸妹，朝朝睡到日頭曬壁背，跂呀起，伸一下手，舂一下背，唉唉唧唧樣悇！」（馮輝岳，1999：36）。諺語也是非常接近日

常生活的文學語言，客家諺語中的「雞公啼係本分，雞嫲啼愛斬頭」（MacIver, D., M.C. MacKenzie revised，1926：200）是自古以來文化中不分族群的性別角色詮釋，男主外、女主內，女性是男性的附屬且必須認命，所謂「嫁狗黏狗走」、「嫁著狐狸弄草竇」（MacIver, D., M.C. MacKenzie revised，1926：199），女性生命必得隨遇而安，接受「命運」的安排。

　　這些日常生活語言中的訓示通常被詮釋為男性凝視，「凝視」是單角度的，作為男性觀眾認為女性「虛無」的模式而存在，並且賦予女性客觀化的目的，並將女性視為客體而不是作為主體或自己來呈現（Lacan，1981）。被凝視的「女性」是一種能指（signifier）的存在，而能指又只能是另一個能指的主體。因此，文本中的客家女性就成為能指的主體，是凝視的欲望。

　　文本對讀者最大的提示在於，那些堅信的價值與意義究其實不過是「凝視」下的產物。被凝視的對象在過去的歷史中總是做為「客體」存在，女性做為「客體」的歷史悠久，只是通過這些男性主體的凝視，這個社會的集體無意識，換句話說就是這些他者的話語經由文本對我們說故事，建構了象徵界的客家女性形象。這個形象極為穩固，經由日常慣習及語言文字形塑社會生活的日常。

　　利玉芳的〈濛紗煙〉描寫的正是這個圖像：「雞言啼／窗仔背霧濛濛／月光還佇眠帳肚發夢／緊性个家娘／喔喔喊綉床；天言光／灶下火煙煙／柴草情願分人燒／火屎相爭飛上天／想愛變星星／日花仔／掀開包等田坵个面紗／打赤腳个婦人家／將濛濛

个心事／躙下禾頭下」（羅思容編選，2015），瀁紗煙象徵的是客家女性隱忍付出的無可奈何，所謂的四頭四尾「家頭窖尾」、「田頭地尾」、「灶頭鑊尾」和「針頭線尾」是傳統社會對客家女性的基本要求，象徵界的他者話語已經進入真實界實際運作，並且人人習以為常。張芳慈的〈甜粄味〉藉由甜粄的「甜」映襯客家女性的「苦」，用「磨石」象徵客家婦女的耐磨與終日忙碌的形象，對客家女性形象做了深刻的反思：

甜粄味
硬翹翹个甜粄
撩作籤
攤在禾埕方曬燥
食到八月半
逐擺過年
夫娘儕將自家
當作磨石
迷迷迴到三光半夜
甜粄个味緒
細細口緊食
阿姆个艱苦啊
映入做妹儕心肝肚
續無半屑甜味（張芳慈，2003：218-219）

年節是家人團聚的日子，卻也是女性最忙碌的時候，客家話稱年糕爲「甜粄」，取其味覺上「甜」的口感，此詩選取過年必備的「甜粄」意象隱喻大家口中的「甜」是母親用「苦」換來的。象徵秩序的有序，是一群主體接受象徵符號結構的安排，終生奉行，無怨無悔。「阿姆」是象徵符號結構精心安排的客家婦女，「做妹僑」則是想像符號結構產生問號的客家婦女，意圖破壞象徵秩序的和諧表象。

　　在傳統社會，一旦質疑象徵界的既有秩序，將會付出極大的代價，鍾理和與妻子鍾台妹便爲「同姓之婚」付出一般人難以想像的生命經歷。鍾理和在《笠山農場》有一段描寫小說主角致平對親緣關係「同姓」的內心感受：「當時，他彷彿坐在針氈上，好難受。而這些都爲了彼此腦袋上頂著同樣一個字，如此而已！一種血緣的紐帶，一種神聖的關係，在彼此陌生而毫無痛癢關係的人們之間迅速建立起來了。它是和平，但強制；是親切，但盲目。在致平看來，這個『叔』便意味著一道牆，人們硬把它放進去，要他生活和呼吸都侷限在那圈子裡。」（鍾理和，1996：88）

　　鍾理和選擇對抗這個強制而盲目的「同姓」禁忌與律法，執意破壞象徵秩序（the Symbolic Order）的表面和諧，付出的代價是遠走他鄉，這樣可以免於自殺或瘋狂的選擇，小說中的劉致平與劉淑華和現實中的鍾理和與鍾台妹選擇相同，淑華與台妹是幸運的，沒有被安排「自殺」。鍾理和用「牆」隱喻宗法制度的不近人情與不可理喻，那是一道無形的牆，是象徵秩序中無形的他

者，無所不在。紀傑克（Slavoj Žižek）運用精神分析詮釋妄想症的一段文字饒富興味：

> 當妄想症主體不信象徵符號社群的他者，不相信「一般想法」的他者，這就在暗示著「這個他者的他者」的存在，一位不被欺騙的代理者在主控。妄想症的錯誤並不在於他根源性的不相信、不在於他堅信有個普遍性欺騙——在此，他是完全正確的，象徵符號的空間終究是一個根本欺騙的秩序——反而，卻是在於他深信有位主控這欺騙的隱藏代理人，這個人要騙他去接受。（紀傑克著、蔡淑惠譯，2008：134）

象徵秩序終究是象徵秩序，而其本質是欺騙，既是他者對主體的欺騙，也是主體的自我欺騙。

（二）想望追求自由的形象

二元對立的簡單性別劃分是語言結構裡的「自然」，充分展現男性與女性的性別建構框架：陽剛／陰柔、主導／順從、動／靜等等。吳濁流在〈泥沼中的金鯉魚〉試圖打破這種二元框架，小說中描寫名叫月桂的孤女，不願被安排嫁人當姨太太，卻失身於好心幫忙她解決工作問題的社長，於是在盛怒之下舉起椅子擊向社長的要害，並有感於僅報私仇有所不足，因此投向文化協會從事婦女運動，希望能夠解救世上許多身陷泥沼的金鯉魚（吳濁

流，1936）。金鯉魚象徵父權體制下受虐但勇於對抗的新女性形象，月桂如金鯉魚努力掙脫父權壓迫不自由泥沼的形象，具體而深刻。吳濁流使用簡單的隱喻表達女性發聲的重要，是早期客家文學作品中對兩性議題表達深切省思的重要著作。

　　吳濁流〈糖扦仔〉文中的主角「月英」在被母親設計讓地方體面人士「糖扦仔」強暴後，有一段內心獨白：「幾千幾萬的女人在幾千年來，忍受著三從四德，但是自己總是不能忍受，這使她覺得悲痛。還有所謂指腹爲婚的，在胎內就由父母決定終身大事，竟能忍受的古代女子的心理，自己總不能了解。」（吳濁流，1991：80）這些質疑是吳濁流對千古女性所承受的壓力的沉痛共鳴，不過，身處殖民環境的吳濁流始終是悲觀的，正如吳濁流安排主角胡太明在「糖扦仔」裡自殺未果，在《亞細亞的孤兒》裡終究精神異常。

　　知識份子精神異常，正直純潔的「月英」則被吳濁流安排「自殺」成功，並留下幾行字：「擦著哭腫的臉看著鏡，你在鏡裡微笑，美麗的眼眸裡映出我的污穢，愛的世界沒有污穢，污穢了的沒有路，愛是神的戲言嗎？愛是爲著所愛的，不，愛是爲著強有力者強制弱者的工具，天，請赦免我，赦免這污穢，愛在喃喃地說：堅強正直而純潔。可是我太弱了，願下次再生爲女人，爲被虐待的女性，變做一個較男人更強的女人——」（吳濁流，1991：81-82）吳濁流用月英的筆，寫下他對傳統女性的悲憫，月英以死所明的志，不僅是身體所受的污穢，更是身心的不得自由。

「還我母語運動」以後，使用客語創作的作品顯著增加，其中不乏女性作家的作品，他者成為主體，女性發聲，在象徵秩序的壓力下呼喊尋找自由的空間。除了大家比較熟悉的杜潘芳格、利玉芳、張芳慈之外，年輕一輩的如劉慧真的〈女人樹〉：「痛苦係根／撐起向上个身形／悲傷个葉／托等硬直个花／一只只孤單个果啊／相惜个刺，盡幼、盡燒个心；放勢股吸（恣肆地吸）／希望个空氣／勻勻仔透出／愛／沒放棄／毋識放棄；才情就係生翼个籽／恩愛自由／管佢好天抑落雨／恩愛自由；飛」（張芳慈主編，2016：211），想要自由的女人樹，根與葉的痛苦與悲傷是滋養種籽飛向自由的根基。

　　劉慧真的客語是回頭重學的，她曾說：「繼續寫，用我一度失落卻又幸運拾回的母語，遭逢不義語文政策壓制的諸本土語言，時至今日，仍難擁有足以與『國語』相抗衡的傳遞空間與資源。十多年前，我用客話寫下第一首詩之時，就已瞭然這樣的書寫是無法奢望擁有讀者與掌聲的。甚至還要提醒自己：下一世代的母語能力若未能及時挽回，今日所寫的每一首詩都將陷落於時代斷層，成為難解的『失』語言。」（劉慧真，2009）

　　早年熱衷政治的劉慧真用女人樹自喻，強調主體的認同自由，不論是語言的選擇還是國族，繼承杜潘芳格「女人樹」的自喻，追求國家認同與女性自主的自由選擇權。另一首獲臺灣文學獎的〈月桃‧女人樹〉與此詩互為註解：「毋想惦惦／看／平安戲；戲外／有樹个風景／月桃結子；用阿姆个話語／來寫／女人樹頂个詩／一蕊蕊／佢个Identity／佢自家定義；香花落土該時

／有神看顧／𠊎想，這就係／生日」（劉慧眞，2009）。不過，杜潘芳格的女性自主搖擺在傳統與現代之間，劉慧眞則堅定異常。

身兼詩人與歌手的羅思容有一首詩歌〈攣〉也表達追求自由的想望：

綠色个朝晨／一蕊蕊个花／開到奈就係／一垺垺个花布／攣出一方人生个花園；日落个臨暗頭／花布項个鳥仔／陣陣飛／天穹个缺角要用五色石正做得補／人生个缺角係不係做得用一針一線來攣／一針一線攣 攣出一片天／一針一線攣 攣出一世界；高高个天 低低个風／靜靜个夜行个唱等歌／要𠊎細妹人个心攣落去／要𠊎 阿姆个祈禱攣落去／要𠊎永久个愛攣落去／要𠊎幸福个夢攣落去；一針一線攣 攣出一片天／一針一線攣 攣出一世界／飛出籠去／在破碎个鏡台／看到自家破碎个面頰／逐擺洗面／水喉嗚出溫溫瀉瀉个水聲／像𠊎跔跔鬱鬱个心／面盆肚項／看到澇澇落落个自家／就像翼披披个鳥子／飛母出搞鳥人个巴掌；（啊 無唱山歌𠊎心毋開喲）；別人个老公像老公／𠊎个老公死貓公／保佑老公遽遽死／等𠊎畫眉飛出籠；（啊 唱條山歌心就開哪）；要飛要飛 飛出籠去／飛到天頂 飛過海／飛到山頭 飛過林／千千萬萬母好飛到過去啊；要飛要飛 飛出籠去／飛向頭前／飛向未來／飛到𠊎秘密个花園」（張芳慈主編，2016：162-164）

這是一首為家暴婦女而寫的詩，鮮明地寫出受虐想望追求自由的女性形象。〈變〉於2006年榮獲臺灣原創音樂大獎「臺灣母語歌曲創作比賽徵選」第二名，羅思容從2002年整理父親詩人羅浪的作品時深受客家文化的召喚，自此投入客語詩歌的創作，以女性自覺與文化關懷的視角出版多張客語專輯。

雖然女性從他者轉變為主體敘事，我們依然感受到象徵秩序的巨大壓力隱藏在文字背後，讓讀者喘不過氣，女性主體在象徵秩序裡不得自由而呼喊的形象突顯當代女性的困境：文字書寫裡的情欲自主與女體解放畢竟容易稀釋在象徵秩序的井然有序與多數沉默。

（三）活潑具男子氣概的形象

李喬〈情歸大地〉劇本中對黃賢妹的刻劃，連結了李喬本人對臺灣母土的認同，將黃賢妹塑造為獨立自主的新女性形象，讀書、騎馬射箭拳腳功夫樣樣精通，並且對於自己的生命自有一番看法：「我不會去殉夫的……，對於生命我自有安排。」（李喬，2008：122）。劇本中對兩性平等的安排展現在吳湯興與黃賢妹洗腳的場景，兩人的腳共同擠到腳盆中搓揉泥團，象徵夫妻間平等互動，彼此休戚相關，正如與臺灣這塊土地密不可分一般，李喬經由想像符號的建構，生產了作家理想的客家女性形象。

電影《一八九五》雖是改編自《情歸大地》，卻捨棄了李喬精心營造的黃賢妹形象（黃惠禎，2010：204），劇本中獨立富

男子氣概的黃賢妹在電影中被塑造成男性凝視下的女性形象（柔順的百合花）。李喬的書寫深具批判意識，對於女性形象的塑造尤其用心，〈恐男症〉是李喬對象徵秩序的有力指控，也是對女性面對的處境發出的不平之鳴（李喬，1993：143-161）。黃賢妹則進一步寄寓了李喬虛構的獨立自主的新女性，即使最後選擇自殺也是自主選擇的結果，而非殉夫。這個自信有主見的形象暫且命名為活潑而富男子氣概的女性形象。

這個形象與客家山歌中的活潑陽剛的女性形象頗為類似，而民間歌謠對情欲的描寫自然不做作，羅思容重新編曲傳唱的客家山歌充滿兩性情欲的流轉：「一日無見心毋安，三日無見脫心肝；三日無見心肝脫，一見心肝心就安。搖 搖 搖。臨江楊柳嫩花嬌，擎起船槳等東潮；阿哥係船妹係水，船浮水面任伊搖。搖 搖 搖。蚊帳底肚行象棋，阿哥行卒妹行車；阿哥炮來車打去，妹子就講將來了。搖 搖 搖。」（羅思容，2011）這些以女性為主體隱喻兩性情欲的客家山歌，在民間長期口頭流傳，山歌的即興與破壞象徵秩序的功能，處於精神分析傾聽者的位置，讓性別主體雖身在象徵秩序而不致精神分裂。

女性主體的情欲流轉在傳統社會的「貞節牌坊」底下，往往成為禁忌，女性自我凝視的想像結構一直努力與象徵秩序取得平衡。女性在父權體制下成長，所承受的壓力應該是大同小異的，無聲的女性在以男性為中心的書寫裡通常是被建構出來的，而且往往是家國隱喻的欲望對象。儘管在文字書寫的世界裡女性是無聲的，然而口傳的民間文學卻建構了一系列的巧女形象的女性。

客家民間有才女劉三妹的故事（楊宏海、葉小華，2006：56），形象地表達自然（女性）與文明（男性）的競爭裡，文明輸了。

甘耀明《喪禮上的故事》裡的串場人物「阿婆」是沒受過教育的女性，她的知識來自生活。小說中描寫阿婆愛講話，囉唆，喜歡聽故事，並且會把故事一說再說。「阿婆從小屬於『舌頭過動兒』，曾把狗罵到昏倒，把貓說到吐，也締造過一開口就讓廟會的人群散會的紀錄啊！」（甘耀明，2010：42）表面上似乎在描寫阿婆的三姑六婆形象，事實上甘耀明透過幽默的筆調塑造阿婆「麵線」的形象諷刺這個以男性為中心、男性才有話語權的世界。「妳怎麼這麼愛講，難怪人家叫妳『麵線』。」阿公說。（甘耀明，2010：42）「我就是麵線，你給我好好聽一輩子。」阿婆沒好氣的回答。（甘耀明，2010：42）

在拉岡精神分析的詮釋裡，真實層是未知的符號結構，當我們說「我」是誰？的時候已經進入語言系統，也就是象徵界與想像界運作的結構。拉岡曾經用莊子夢見蝴蝶的寓言說明他的觀點指出，當清醒時，主體只不過是夢境意識的延續罷了（Lacan，1981：76）。紀傑克重新詮釋拉岡對莊周夢蝶寓言的詮釋：「我們並不是有位安靜、仁慈、高貴的中產階級教授在夢想他是位殺人犯；相反的我們現在面對的是一位殺人犯，在他的日常生活中，夢想他是一位中產階級高尚的教授。」（Žižek，2008：22）主體由三層結構組成，象徵符號界的男性傳統給予主體社會存在的位置，並定義主體的性別認同，想像符號界的母性原欲提出反抗並重新定義性別主體，真實層的符號結構在拉岡莊周夢蝶

的詮釋裡簡直玄之又玄，等同於佛家的「不可說」、道家的「道」。鍾理和在〈貧賤夫妻〉有一段描寫「他」主內，「她」主外的文字：

> 由是以後，慢慢的我也學會了一個家庭主婦的各種職務：做飯、洗碗筷、灑掃、餵豬、縫紉和照料孩子；除開洗衣服一項始終沒有學好。於是在不知不覺中我們完成了彼此地位和責任的調換；她主外，我主內，就像她原來是位好丈夫，我又是位好妻子。（鍾理和，2009：132-133）

主客易位，自然而然，因為真實生活現實情境逼迫使然。或許客家女性在真實層的符號結構展現為獨立自主、擁有堅強意志的自信而有支配能力的「男子氣概」（Manliness）形象（Harvey C. Mansfield 著、鄧伯宸譯，2016：36）。鍾理和在他寫實質樸而平和的文字裡淡淡寫來，毫不在意自己的不夠陽剛，這些文字實踐了現代社會新好男人的理想形象，一種陰柔的、細緻的男性，半個世紀前的鍾理和與鍾台妹早已向我們宣誓全新的兩性關係。

四、結語

「客家文學」確立臺灣社會的多元豐富與包容尊重，客家文學中的女性形象也呈現出不同寫作主體的反思與建構，女性在文

學傳統裡通常是象徵的他者符號，不論是詩歌詮釋傳統裡的比興或香草美人，往往是君子的自我投射。現代小說中「飢餓的女人」形象，則被知識份子寄寓了家國大敘述，做為能指的「女性」，往往在文學作品裡被凝視、挪用、轉喻，因此而產生豐富的意指作用與無窮想像。

本章簡單概括女性形象在客家文學中的建構，其中勤苦犧牲而堅毅的形象是多數客家文本建構的客家女性。無論是文學文本或是學術著作，這個形象也極為接近真實客家女性被形塑的形象。至於想望追求自由的形象則是作者建構的女性主體發聲的形象，當然也再現了現實生活中的客家女性。知識女性從他者轉變為主體敘事，讀者依然感受得到文字透顯的巨大壓力，女性主體的困境在社會象徵秩序的傳統慣習下，益發明顯。

本章探討的第三種文本中的客家女性形象是活潑且具男子氣概，這個形象象徵女性具有支配權力，乃現代的新女性形象。文本中性別的展演無處不有，做為讀者，我們理應警覺地閱讀與反思文本中的傳統價值建構，解構文本中的性別無意識與社會象徵秩序，做一位警覺的讀者。

| 第五章 |

移民結構與歷史記憶：客家渡臺與過番敘事

　　渡臺與過番的敘事廣泛在民間各族群的歌謠中傳唱，這些承載人民生活記憶的敘事內容，述說著一代人的集體故事。正如當代臺灣的移工故事一樣，不同歷史時期的人口流動，記錄著那個時代的移動背景與勞動供需。口耳相傳的歌謠以及被文字傳寫的動人故事，流傳在不同語言群體並且說故事的重點各異。不同的文本提供我們比較的根據，類似的故事在不同空間不同時間不同群體中反覆上演，生命的悲苦也在文本中循環往復。

　　本章比較流傳客家地區的〈渡台悲歌〉與〈過番〉歌文本，梳理民間文本中的移民敘事與勸世主題，探討約莫同個時代不同空間的移民故事。說故事的人總是以一種勸世的口吻，敘說著「渡臺」與「過番」的種種壞處，即使如此，「渡臺」與「過番」的人潮依舊接踵。早期客籍渡臺先民以季節性的移工居多，幾乎都懷抱著衣錦還鄉的期待，後來大量移工在臺灣落地生根，續寫不同的歷史篇章。遠渡重洋到達南洋的客籍先民不同於季節性移工，通常會簽三到五年的工作契約。同樣前往異地生活，本研究想探討客家移民傳唱的〈渡台悲歌〉與〈過番〉歌七言長篇敘事文本，其內容在移民結構的突顯與歷史記憶的再現之間，有何異同。

一、前言

　　移民歷史就是一部辛酸的族群血淚史，當然也是與在地住民及其他族群融合的歷史。移民與在地族群的生命體驗不同，面對的挑戰也不同，文學作品所承載的歷史記憶有敘事視角的侷限，也有時間與空間的差異。整理不同時期不同移民空間的文本，並進行比較，在全球化的今天，顯得重要而具深意。臺灣的南向政策促使學術界思考不同的比較面向，而華人的全球性也促使客家研究獲得全球性思維。在地球村的概念之下，我們如何看待族群文本中的移民與歷史。移民在不同移居空間所展現的多元文化與在地化過程，更值得我們深入探究。

　　東南亞，或是明末開始稱之為「南洋」的地理名詞，通常指稱中國大陸南方沿海及南海領域的中南半島、馬來半島、群島等無數島嶼形成的地理區域（李金生，2006：113-123）。臺灣與東南亞的華人族群移民歷史已有諸多研究，相關研究指出移民潮出現的歷史必然（施堅雅，2015：1-21）。不同語言別的華人群體大量自大陸東南沿海移出，前往臺灣以及南洋逐夢。移民歷史所留下的相關書寫，可以藉以窺探歷史，詮釋相關族群的視點與敘事重點，反映歷史的部分真相。歷史學者的論述提到：

> 客家人在1550-1850年間的大規模移民是值得注意的，今
> 天，非原居住地的客家人後裔的總人口已超過了客家原居住
> 地的人口。正像梁肇庭的研究所顯示的那樣，幾乎所有遷移

到臺灣的客家人都來自韓江流域，該流域也為長江上游和東南亞輸出了大量的移民。今天，客家移民及其後裔的人口在臺灣、長江上游和東南亞地區都超過300萬，而韓江流域客家人居住區的總人口也不過620萬（1990年）。客家腹地人口的增長一定保持在很高的水準，才能維繫如此大規模的人口輸出。（施堅雅，2015：5-6）

客家人在1550到1850將近三百年的大規模海外移民，讓今天海外客家人的人口數多於原韓江流域的居住人口。大量客家移民的移出必然也將客家民間文學傳播至所到之地，代代傳承並且融入在地社會文化的生活經驗，不斷創新傳誦，異文孳乳。關於移民帶入移居地的民間文學，會因語言群的不同而生產各自的民間文學傳統，其中為學者關注的「過番」及「渡臺」相關文本，是討論的重點之一。歌詠「過番」的民間歌謠各族群都不少，客語、福建話（閩南語）、粵語、潮州話、海南話都有（蘇慶華，2014a, b, c, d, e）。以長篇版本的數量及目前研究者描述的異文觀察，福建地區最為豐富。

研究者指出：「陸續收集到數百首『過番』歌謠，有長有短，有敘事有抒情，有喜悅有怨嘆，更有一些近乎契約文書的記載可作文獻的參證。最初主要來自閩南，繼之延及福建全省乃至廣東潮汕地區和嘉應客屬地區，最後拓展到海外」（劉登翰，2005：15-16）。換句話說，流傳廣遠的「過番」文本異文眾多，表示有相關經驗者眾，可以說是民間的集體記憶。這些歌謠

的研究，以短篇居多，其中閩南地區則以長篇為主（劉登翰，1991, 1993, 2002, 2005, 2014）。客家地區流行的歌謠以短篇較多，但也有長篇文本如〈渡台悲歌〉、〈台灣蕃薯哥歌〉、〈過番〉等，只是數量與異文版本不若閩地那麼多。目前已有不少研究探討「渡臺」相關歌謠（黃榮洛，1989；曾學奎，2003；黃菊芳，2011），分別著重在「渡臺」歌謠的史料價值、版本考證、文化內涵以及語言詞彙等，成果豐富。

至於論者對相關客家「過番」歌謠的討論，有些研究將重點放在探討客家人「過番」的歷史文化、習俗與生活方式（魏明樞，2007；李小燕，2003；冷劍波，2019）；也有從客家人「過番」的歷史動因及血淚史論述「過番」歌謠（周曉平，2016, 2017a, 2017b, 2018）；還有從「過番」探討客家婦女的生存構成（周曉平，2017a）；有更多的文獻是從不同族群「過番」的文本探討早期移民的民間記憶（柯榮三，2013, 2022；孫瑾，2019；陳婉玲，2010；劉登翰，1991, 1993, 2002, 2005, 2014；蘇慶華，2012, 2013）。此外，還有研究針對不同族群（客、閩、潮）的「過番歌」進行比較，指出「過番歌」的定義：在僑鄉或境外華人社區流傳的以各方言族群先輩們海外謀生為主題的民間歌謠或長篇說唱（林朝紅、林倫倫，2014）。這些研究突顯這個議題受重視的程度，觀察目前對客家「過番」相關歌謠的研究，大部分均以短篇的客家民間歌謠為研究對象（蘇慶華，2014b；林朝紅、林倫倫，2014；羅可群，2000），對長篇敘事的探討較少見，本文擬補充這個部分，並與客家〈渡台悲歌〉進行比較討

論。

　　本研究將流傳於客家地區的移民長篇歌謠〈過番〉與〈渡台悲歌〉拿來進行文本分析與比較，梳理民間文本中的移民敘事與勸世主題，探討歷經不同時代不同空間的移民故事有何異同。藉由比較，管窺移民敘事在不同空間（臺灣與東南亞）的形成結構，同時探討敘事文本中的敘事視角與歷史記憶再現。

二、〈渡台悲歌〉與〈過番〉

　　〈渡台悲歌〉和〈過番〉是流傳於客家地區的七言長篇敘事長歌，本文主要討論的異文出處說明如後。〈渡台悲歌〉是臺灣竹東彭發勝先生年輕時的手抄本，本文引用的版本是由黃菊芳校訂（黃菊芳，2014：197-214）；〈過番〉收錄在羅香林編《粵東之風》（羅香林編，1987 [1947]：268-280）。這兩個文本是本文主要的比較基礎，並輔以其他相關歌謠討論，收錄在《粵東之風》的長篇七言〈過番〉，在過去的研究文獻中較少為研究者討論，而目前也尚未有研究將〈渡台悲歌〉與〈過番〉這兩首長歌進行比較分析。

　　就目前找到的文獻觀察，已有研究比較客家、閩南、潮汕等地的過番歌謠，這些歌謠即使使用的語言不同，其內容均提到共同的過番原因：「經濟需求」，也都有共同的勸世主題：「莫過番」，比較不同的是演唱的形式。有意思的是，該研究特別指出三個民系的過番歌謠在女性敘事的差異，客家過番歌採用七言四

句體的格式，運用女性獨唱、男女對唱的形式，表達對分離的不捨與分隔兩地的悲情；閩南的過番歌謠也以七言為主，短篇長篇都有，其中以女性視角的敘事，其內容特別強調留守女性的詛咒與悔恨；潮汕的過番歌謠有七言、五言、雜言等形式，其中女性敘事突出描寫女性的哀怨淒苦（林朝紅、林倫倫，2014）。同樣是留在家鄉的女性敘事視角，三個群體的民間敘事著重點不同，客家情意纏綿，閩南詛咒悔恨，潮汕哀怨淒苦。

　　早期客籍渡臺先民以季節性的移工居多，幾乎都懷抱著衣錦還鄉的期待，後來大量移工在臺灣落地生根，續寫不同的歷史篇章。根據藍鼎元（1680-1733）的觀察：「廣東潮惠人民，在臺種地傭工，謂之客子，所居莊曰客莊，人眾不下數十萬，皆無妻孥，時聞強悍。然其志在力田謀生，不敢稍萌異念。往年渡禁稍寬，皆于歲終賣穀還粵，置產贍家，春初又復之臺，歲以為常。」（藍鼎元，1997：63）這種春去歲終回，年復一年的移工模式，是清初的常態。相關研究也指出，清廷早期禁止攜眷的規定，使得移民形成春季渡臺、秋成回鄉的候鳥式遷移，也造成臺灣人口性別比例失衡，引發相關之社會問題。後來清政府對這個政策進行了調整，准許安分良民攜眷渡臺，才解決部分社會問題（李祖基，2000：57），在民間歌本中也隱約透露了性別失衡的社會問題。

　　遠渡重洋到達南洋的客籍先民從事的工作以開採錫礦為主，往往契約簽定就長達三年、五年，即使也同樣希望衣錦還鄉，然而有大部分就在他鄉落地生根，甚至接妻小同住移居當地，能夠

賺錢後回鄉安居的並不多見。同樣前往異地生活，客家移民傳唱的〈渡台悲歌〉與〈過番〉長篇敘事文本，其內容在移民結構的突顯與歷史記憶的再現之間，有其相同及相異之處，值得探討。

　　說故事的人總是以一種勸世的口吻，敘說著「渡臺」與「過番」的種種壞處，即使如此，「渡臺」與「過番」的人潮依舊接踵。過去的研究指出，渡臺先民早期以季節性移工居多，後來則留在臺灣生活。「過番」的移民多數一去不回，當然也有多年後回鄉的記載。就形式而言，以本文所參考異文，〈渡台悲歌〉與〈過番〉均為民間長篇敘事，都使用七言歌謠體，並且一韻到底，押相同的舌尖鼻音韻尾。〈渡台悲歌〉每句7個字，總共380句，共2,660字，以下舉第一段落為例：

　　　勸君切莫過台灣，台灣恰似鬼門關。
　　　千個人來尋死路，到來知死也是閑。
　　　就是窖場埔一樣，埋屍所在滅人山。
　　　台灣本是福建管，一半漳州一半泉。
　　　一半廣東人居住，一半生番並熟番。
　　　生番住在山林內，專殺人頭帶入山。
　　　帶入山中食粟酒，食酒唱歌笑連連。
　　　熟番就是人一樣，理番吩咐管番官。
　　　百般頭路微末處，講著賺錢食屎難。
　　　客頭說道台灣好，賺銀如水一般般。
　　　口似花娘嘴一樣，親朋不可信其言。

到處騙惑人來去，心中想賺帶客錢。

千個客頭無好死，分屍碎骨絕代言。

幾多人來聽其說，隨時典屋賣埔園。

單身之人還較得，幾多父母家眷連。（黃菊芳，2014：197-198）

〈過番〉每句7個字，總共253句，共1,771字，以下舉第一段落為例：

人生在世幾十年，貧富算來總由天；

萬事皆從天注定，不須強求得自然。

年方二八十多歲，心肝似海膽似天，

心中欲想生理做，手頭拮据又毛 [無][1] 錢。

逐日四方遊要嬲 [嫽]，嫖賭食著都齊全。

父母出口高聲罵，伯叔兄弟就幫言。

心中思想麼 [無] 計較，不免出屋來過番，

求親託友同伴去，又麼 [無] 銀兩做盤錢，

若麼 [無] 盤費做新客，甘願同人做三年。（羅香林編，1987：268）

---

1 「毛」校訂為「無」，以 [無] 表示，下文同，不再重複說明。

就內容而言，這兩首都是勸勿離鄉，歌中描述南洋和臺灣都沒有想像中那麼好，苦勸同鄉不要前往南洋與臺灣，只是歷史數據顯示，這些勸戒並沒有效果，大量的移民與大量的「過番」與「渡臺」敘事形成有趣的正相關。〈渡台悲歌〉開頭六句把臺灣描寫爲鬼域：「勸君切莫過台灣，台灣恰似鬼門關。千個人來尋死路，到來知死也是閑。就是窖場埔一樣，埋屍所在滅人山。」〈過番〉在長篇敘事的中段提到：「若係新客唔 [毋] 聽話，老客就喊打籐鞭，幾多老客思新客，讓 [仰] 得三百六工滿！番邦做工多辛苦，苦過唐山六月天。早知番片皆如此，何必時時喊過番？」事實上，能夠安全到達南洋或臺灣工作的已經是幸運萬分，文獻描寫客頭與水匪串通，一旦發現有狀況就將船客「放生」、「種芋」和「餌魚」（王必昌纂修，1961：69），能生還者百僅其一。即使有許多的未知與生命威脅，仍抵擋不了大批離鄉背井尋找機會的年輕人前仆後繼地前往南洋與臺灣。

　　根據這兩首長篇的敘事順序，本文將其敘事主題簡化如後以茲比較。〈過番〉的敘事內容有：過番緣由、別家過番及路線描述、到達南洋、異地描寫、語言殊異、南洋各地、水土不服、後悔過番、嫖賭誘惑、辛苦度日。〈渡台悲歌〉的敘事內容有：渡臺緣由、別家渡臺及路線描述、到達臺灣、異地描寫、水土不服、耕田差異、後悔渡臺、閩客差異、辛苦度日、書寫勸世。茲將敘事的異同整理如表 5-1，方便比較。

表 5-1：〈過番〉與〈渡台悲歌〉內容異同表

段落	〈過番〉	〈渡台悲歌〉
1	過番緣由	渡臺緣由
2	別家過番及路線描述	別家渡臺及路線描述
3	到達南洋	到達臺灣
4	異地描寫	異地描寫
5	語言殊異	水土不服
6	南洋各地	耕田差異
7	水土不服	後悔渡臺
8	後悔過番	閩客差異
9	嫖賭誘惑	辛苦度日
10	辛苦度日	書寫勸世

資料來源：作者整理

　　從表5-1的對照，我們觀察到兩首敘事長歌的內容主題有大部分類似，說明離家工作的緣由，與家人分別及描寫途經地，到達目的地後的風土民情描寫，然後敘述水土不服的痛苦，並且都描述了後悔的心情，以及不得不在異地忍耐，辛苦度日的現況。這些是「過番」與「渡臺」長篇敘事中相同的部分，而相異之處在於，〈過番〉歌著重書寫「語言溝通的困難」、「前往南洋不同的國家的經歷」以及「賺錢後受到嫖賭誘惑的情形」；〈渡台悲歌〉則強調「在臺灣的耕田方式不同，難以適應」、「臺灣的學老（閩南）頭家和客家頭家習慣不同」以及「大篇幅書寫勸勿渡臺」，這些是在內容上較明顯的差異。

　　與閩南的「渡臺」與「過番」文本比較，閩南語系的敘事在描述渡臺之人的際遇也與前往南洋的番客不同，相關研究指出：

若著眼於「年終月滿　領取工顧」兩句，則《新刊勸人莫過臺歌》中的主角可以說既未如同南安客、緬甸客那樣遭受顧主無理剝削，亦不曾像安溪客一般貧病交迫、命運乖舛，其在臺灣經親朋引介覓得工作後已順利賺取應得的金錢，可惜不能把持自己，縱情聲色與生活享樂，最終成為異域孤魂。（柯榮三，2013：213）

　　閩南民間渡臺敘事文本多半以揮霍縱欲描寫主角的人生選擇，閩南過番敘事則著重在異域謀生不易，最終回返唐山的人生選擇（劉登翰，2014：35）。這些不同的敘事內容，提供我們探討的線索。閩南「過番」敘事強調異鄉的悲苦生活與最終回到唐山家鄉，閩南「渡臺」敘事則以縱欲客死他鄉為敘事重心。這與客家渡臺過番敘事均強調辛苦度日不同，客家的渡臺與過番敘事均未強調最終回到唐山家鄉。這些是民間集體記憶的族群差異，無論是哪個族群，不同的個人都有不同的生命經歷與選擇，被書寫下來的總是經過敘事選擇，然而從閩南族群以經商為業居多觀察，閩南族群較多經商致富而享樂客死異鄉的經驗似乎也頗為合理。

　　郭實臘（Karl Friedrich August Gützlaff，1803-1851）的紀錄指出，自閩粵至南洋的華人族群各有所擅：「廣州府與嘉應州人為工，潮州府人為農，福建人為商，甚相興。最獲財之客乃廈門、漳州之商也。其大半留住不歸，但各正經之人，每年一次寄信包銀，以補親戚之用也。」（郭實臘，2022 [1839]：330）福

建的廈門、漳州商賈獲財最多，嘉應州客家人做工爲主。該紀錄還提到從閩粵前往南海各小島之人，「多係內地之棍徒，不得不離家庭以往遏方絕域。但不帶同婦女，與土女結親生子矣。改惡遷善，自拔於流俗而自新者鮮矣！遍地吃鴉片、賭錢，忍心害理，澆風日熾矣。」（郭實臘，2022 [1839]：330）這些紀錄顯示前往南洋者不論是商賈或棍徒，大半留住不歸原鄉，選擇落地生根。

三、客家民間敘事中的移民結構與生活方式

客家民間長篇敘事〈過番〉與〈渡台悲歌〉直接展現了客家移民的主要組成結構，也詳實記錄了遠赴他鄉謀生的種種生活情景，更透過敘事，呈現基層百姓的心聲。這些民間集體傳承的歌謠，反映的是民間的視角、常民生活所關切的日常，相較於知識份子黃遵憲〈番客篇〉的使節視角，其運用五言長篇敘事形式所描寫的南洋土生華人的婚宴與各種行業的賓客，儼然詩史。這首五言敘事長篇討論了清末的海禁政策以及批判了鄉民對歸國移民的剝削和種種掠奪，可以與民間敘事相互補充。

本文重點在談民間敘事，這首五言歌行並非重點。此處透過清朝使節，同時也是客籍詩人黃公度的〈番客篇〉長詩所書寫的海外華人集體形象，可見當時「出南洋」者眾：「近來出洋眾，更如水赴壑，南洋數十島，到處便插腳。他人殖民地，日見版圖廓，華民三百萬，反爲叢毆雀。」（黃遵憲，1981：633）高嘉

謙詮釋此詩曾指出，黃公度並非只有同情和關懷這些移民的悲慘際遇，而是觀察到南洋移民面對的種種問題：被漠視的移民勞動群體、華人教育的匱乏、無力保護移民的清政府、壯大的西方殖民勢力以及白人統治階級的優越性等等（高嘉謙，2010：382）。詩人從官方及讀書人的視角，提供境外南方敘事的使節想像與官方論述。〈過番〉歌與〈渡台悲歌〉則從民間視角敘事，書寫境外謀生之苦。

「過番」和「渡臺」是近代閩粵地區不同族群的集體經驗，「過」和「渡」是動詞，有「去」和「前往」之意。「番」是漢字文化圈舊時對非我族群的泛稱，在此為「外國」之意，然而在〈過番〉歌中則主要指南洋一帶的國家，如新加坡、馬來西亞、印尼、越南、緬甸等等，因此關於「過番」的解釋，有研究進一步指出：「客家人稱出國謀生為『過番』。雖然客家華僑遍布世界各地，但主要分布在印度尼西亞、馬來西亞、新加坡、菲律賓、泰國等國家，因之客家人又稱『過番』為『出南洋』。」（李小燕，2003：45）「臺」則專指「臺灣」。

在眾多的「過番」與「渡臺」民間敘事中，除了大量以第一人稱敘事陳述過番渡臺悲苦並勸大家「莫」過番與渡臺的移民歌謠之外，也有為數不少女性視角的敘事，舉嘉應州客家〈妹送親哥去過番〉為例：

妹送親哥出外洋，路上歹人愛提防，
在家之時千日好，出門單身苦難當。

妹送親哥到西陽，郎就痛心妹痛腸，
他日中秋月圓日，兩人望月各一方。
送哥送到丙村圩，暗暗伸手牽郎衣，
低言細語同郎講，三年兩載你愛歸。
送哥送到觀音宮，觀音娘娘帶笑容，
燒香點燭拜三拜，保佑倻郎愛順風。
送哥送到蓬辣灘，險灘行船係艱難，
石夕尖尖水又急，幾多掛念妹心間。
妹送親哥到三河，十分難捨倻親哥，
若問妹子心頭苦，淚花還比浪花多。
妹送親哥到府城，湘子橋下得人驚，
又有關官惡過鬼，嚇得滿船面夾青。
妹送親哥到汕頭，一看大海妹心愁，
大海茫茫有止境，妹想親哥無盡頭。
妹送親哥到碼頭，腳踏火船浮對浮，
火船開走容易轉，倻郎一去難回頭。
妹送親哥上火船，汽笛一響割心肝，
下番係有水客轉，搭銀搭信報平安。（羅可群，2000：354-
355）

　　這首歌從女性視角書寫離別情緒，而送郎的路線與長篇〈過
番〉相同，都是從嘉應州出發，經過西陽、丙村、三河、潮州府
城、湘子橋，一直到汕頭搭船出洋。歌中提到「水客」一詞，什

麼是「水客」？簡單講，「水客」是往返原居地與南洋之間的人，專門替移民與家眷帶信、帶銀錢、捎物品。因爲水客在南洋居住的時間長，並與當地政府及社會各界建立良好關係，特別是海關、移民局等。便接受當地移民委託，爲家鄉欲出南洋者代辦護照、簽證，處理各種下南洋的手續。水客再從移民那裡收取所謂的「走水錢」做爲薪酬，一般是所有花費的3%～10%左右（李小燕，2003：45-56）。相關資料顯示，早期客家人出國的管道有「集體駕舟漂泊，隨遇而安」、「當契約華工（俗稱豬仔）」、「水客引路」、「親友安排」等，前兩種方式約佔20%，後兩種則佔了八成（羅英祥，1994：7-9）。

　　「水客」是一種專業，不僅要極能適應不同環境，還要有語言能力，被人信任等等。因此移民多半找本鄉的水客處理相關事宜，過去有「走大幫」及「走小幫」的分別。「走大幫」指的是以春節、端午、中秋三大節日爲主，以農曆1、3、5、7、9回國時間爲主；農曆2、6、12則稱之「走小幫」。水客一年最多走三趟，後來移民漸多，業務量遽增，於是出現了「僑批業」，「批」是閩南語的「信」，本指託帶錢銀的交收買賣的行當。後來經營的項目幾乎無所不攬，是一種民間多重性綜合服務行業，集商業、金融、政治、交通等等於一身的行當（周曉平，2017：14）。透過「水客」，聯繫了移民與家鄉之人，也安排與促成一批批出南洋及渡臺的新客，使移民遍布各地。

　　〈過番〉敘寫年輕男子（年方二八十多歲）出南洋的故事，〈渡台悲歌〉描述聽信「客頭」對臺灣好賺錢的說詞而渡海來

臺。這些敘事透露移民的結構以男性、年輕人爲主，因此有研究認爲，這是近代客家人的一種「生活方式」。冷劍波研究客家人播遷馬來亞的歷史指出：

> 馬來半島中北部由於自19世紀上半葉以來錫礦的大規模發掘，吸引了一批批客家人前仆後繼地播遷英屬馬來亞（British Malaya）。長久以來，客家人過番南洋被誤以爲就是「賣豬仔」，即通過「苦力貿易」（Coolie Trade）的形式被欺騙和劫掠到西方殖民地從事強制性勞動，因而給人留下的完全是一幅充滿悲情的歷史畫面。雖然學界已有文章試圖加以澄清，但這一觀念仍可謂根深蒂固，成爲我們關於海外客家先輩的集體「想像」。筆者認爲，將客家人過番南洋視爲一種完全被動的人口流動，忽視了不同歷史時期、不同遷入地域在播遷形式上的差異性，也無法解釋太平、怡保、吉隆坡等一系列馬來西亞市鎮因客家人的開拓而形成的歷史事實。通過粵東客家地區流傳的大量民間文學作品以及英屬馬來亞時期的殖民政府檔案，可以看到「賣豬仔」並非客家人過番馬來亞的全貌，事實上過番反而是近代粵東地區客家人一種最爲重要的生活方式和生存策略。（冷劍波，2019：84）

透過親友的牽引，水客的安排，大量年輕客家男性在不同歷史時期出外謀生，前往異鄉的悲苦從出發行船就開始。一代代出

洋航向未知旅程的年輕靈魂，最後衣錦還鄉的畢竟是少數，許多都在異鄉生根發展，日久他鄉是故鄉，譜寫一頁頁的移民史詩。

四、「渡臺」與「過番」歷史記憶的再現

客家人的「渡臺」與「過番」歷史悠久，除了迫於生計之外，也有歷史因素諸如太平天國起義失敗、咸豐同治年間廣東西路地區持續長達十四年的「土客大械鬥」（劉平，2003：4）等等被迫集體出洋的歷史無奈。明清時期政府的海禁促使「偷渡」盛行，〈渡台悲歌〉敘事中的渡臺路線應是偷渡的集體記憶。直至清末，清廷接連戰敗被迫開放國門，光緒年間，清政府頒布移民法令：「除華僑海禁，自今商民在外洋，無論久暫，概許回國治生置業，其經商出洋亦聽之。」（廣東省地方史編纂委員會，1996：26）此後閩粵移民下南洋者益眾。

南洋既是華人移民海外的首要之選，也是殖民勢力競逐之地，更是通往印歐必經之地，也是革命的起點與終點，更是不同族群交錯、文化交流的舞台。華人前往南洋，或安家落戶，或再度漂流，持續思辨鄉關何處。而今南洋仍是世界交鋒的核心所在：南沙海權、一帶一路、新南向等各國權力運作的場域（王德威，2022：13）。相關民間文學作品便大量生產，這些為數不少的「渡臺」與「過番」文本，再現了歷史現場，提供我們探討的依據。

（一）渡臺與出南洋路線的描寫

〈渡台悲歌〉描寫的渡臺路線是從廣東河田出發，也就是今陸河縣境，走韓江流域，到達柘林港渡臺，主要是惠州府的客家人的集體記憶。歌中提到渡臺路途中經過的地名有：「陸豐河田→橫流→潮州府→柘林港→臺灣」，這條路線是偷渡路線，如果走官道，應該從泉州廈門出海，「往臺灣者，例由本籍縣官給照至泉州、廈門海防同知驗放，方准渡海。然盤費過多，貧不能措者，往往在潮州樟林徑渡臺灣。」（黃釗，1970：116）「樟林」位於今廣東澄海，東隔海山島與柘林對望，經樟林渡臺的可能以嘉應州鎮平（今蕉嶺）人居多。圖5-1是根據〈渡台悲歌〉所提之地名繪製的渡臺路線圖。

〈過番〉則是從廣東嘉應州府出發，走韓江流域，到達汕頭出洋，再現的是嘉應州府客家人的過番記憶。歌中所提過番途經地名有：「州城（嘉應州城）→西陽→蓬辣灘（韓江上游之惡灘，在梅縣南部）→丙村→松口→三河→高陂→葛布關→蔡家園→府（潮州府）→湘子橋（在潮州城外，為韓江流域第一巨橋，相傳為唐代韓湘所造）→東關（潮州之常關也）→汕頭→香港→白石口→喵叻州府（轉往啞嚓、日里或是花旗、金山、大呂宋；就近前往丹蓉、嘛呍呷，甚至到囄哾、烏魯孟），一開始的「州城」應該是「嘉應州城」，走水路前往汕頭出洋。圖5-2是根據〈過番〉所提地名繪製之民間記憶路線圖。

汕頭是當時最重要的出洋港口之一，「過番」的歷史已逝，汕頭的騎樓建築則仍保留當年過番文化的痕跡（鄭松輝，2005：

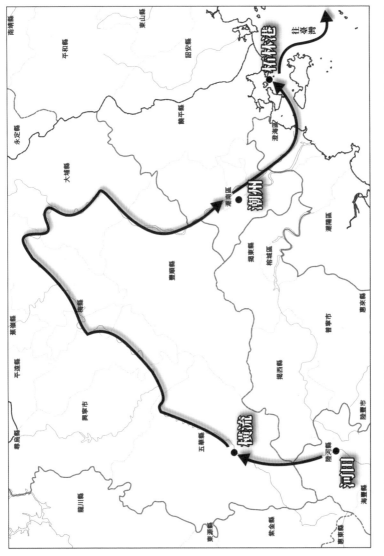

往臺灣

潮州

潮州

汕頭

河田

漫流

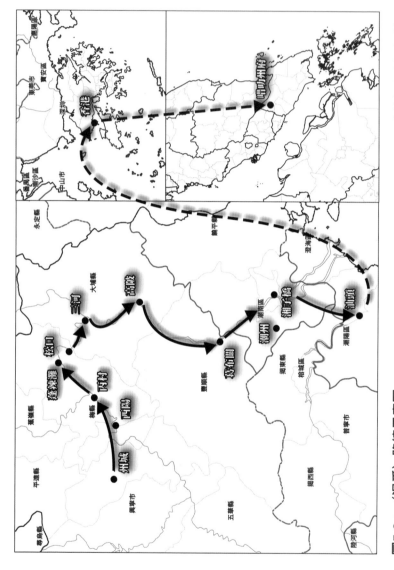

圖5-2：〈過番〉路線示意圖

130），約十九世紀中後期開始，在廣東、福建沿海和香港等地，東南亞各地華人移民聚集的地區，出現名爲「僑批局」（名稱因時因地而異，另有「信局」、「民信局」、「批信局」、「僑信局」、「匯兌信局」、「華僑民信局」、「批館」、「僑批館」、「匯兌莊」、「僑匯莊」等多種不同稱呼）的經濟組織，其功能與水客、客頭所從事內容相似，但更具規模，主要經營爲華人移民遞送匯款和信件的業務，兼具金融與郵政雙重功能。

　　「銀」與「信」的流通，簡單講就是透過僑批局的安排，相互傳遞。「在東南亞，僑批局從華僑手中收到僑批，然後通過國內的僑批局分發給僑眷，再從僑眷手裡收集回批（即回信或僑批收款憑證），通過東南亞的僑批局發回原寄批人，由是僑批的流通過程即告完成。」（陳麗園，2004：84-85）。負責傳遞者稱爲「僑批員」，即民間文學中的「水客」，「水客」是客家梅州的稱呼，強調經水路傳送僑批，而潮汕地區則以「批腳」稱之（鄭藝超、高朗賢，2020：40）。

　　據統計，1935年汕頭有「照批局」共110家，海外分號有790家（陳春聲，2000：57-66），1948年減少爲78家，港澳及東南亞地區有382家（陳麗園，2004：87）。僑批局主要是以鄉族爲基礎建立的信用關係，因此過去有潮州幫、梅屬幫、瓊州幫及福建幫等大幫，下依縣份劃分小幫，南洋亦如此（姚增蔭，1943：18）。這種依據地緣及血緣關係所建立的信用與保證，是使其結構穩定的基礎。

〈過番〉出洋後的第一站應是新加坡（嗎叻州府），歌中描述如果在此沒有親朋好友，就要再尋找他國安身。於是前往荷屬印尼（啞嚌、日里），或者轉往菲律賓（大呂宋），就近則考慮前往馬來西亞（丹蓉、嘛咊呷），也可以到緬甸（曞㕭）謀生。這些地名不容易考證，根據這首長歌的描寫，如果沒有親朋可託，可能身不由己四處謀生，似乎暗示契約華工三年或五年賣身一次的空間移動。

（二）語言與文化差異

　　渡臺文本沒有特別指出語言的差異，過番文本則交代了十個常用詞彙：「芋賴」（同宗）、「交灣（kawan）」（朋友相好）、「做麥石」（伙頭）、「馬（囉）（makan）」（食飯）、「啥哈」（講話）、「呠囒（Jalan）」（行路）、「娘㤟」（嬌連女）、「莽易」（花邊）、「阿吟（喑）（Orang Tang）」（唐人）、「日速（esok）」（明天）。在印尼及馬來西亞流傳一首客家山歌：「手拿釣緒釣如干，釣到如干送交灣；遇到交灣唔在屋，舍影加基并夜蘭。」歌中的「如干」是「魚」的意思，「交灣」即「朋友」，「舍影」是「可惜」之意，「加基」為「足」，「夜蘭」指「行路」（周曉平，2018：19）。民間文學作品反映了語言的交流接觸頻繁，也告訴我們文學的落地生根與在地化後的傳衍變異。

　　〈渡台悲歌〉的長篇敘事，有很大篇幅在討論臺灣與原鄉的差異，除了族群描寫如生番、熟番，還有對閩客頭家的比較並且

展示敘事者對婦女的污穢禁忌。換句話說，〈渡台悲歌〉使用第一人稱客語敘事，視角從傳統士大夫觀點及男性中心出發，並且運用大量俚俗粗鄙用詞（食屎難、絕代、屙濃滑血、朕你吮）入歌。〈過番〉也是男性視角，著重於描寫異域人種的不同以及水土不服的感受，還有做契約勞工的痛苦。換句話說，〈過番〉也是使用第一人稱客語敘事，敘事視角從男性勞工出發，譜寫常民的觀察以及悔恨。

這些承載著沿海居民淘金夢的文本，描寫人在異地，或遭雇主剝削、或水土不服疾病纏身、或賺錢後嫖賭敗家等男性的生命歷程與歷史記憶，無不告誡讀文本的人「莫渡臺」、「莫過番」。然而那些對異地風土民情的描寫，充滿異國情調的所見所聞，令家鄉後生人產生無限憧憬與想像。一代代飄洋過番的靈魂，闖盪在未知的國度裡，逐漸落地生根、安身立命，續寫日久他鄉是故鄉的新頁。

（三）工作內容及環境的適應

移民渡臺或下南洋，可以從事的工作眾多。以本文探討之〈渡台悲歌〉及〈過番〉觀察，渡臺主要從事「長工」為頭家耕作，出南洋者如果有本錢可以經營生意，沒有本錢就只能簽「契約工」，為外國大公司開採錫礦或種烟。這兩首歌謠描寫的工作環境與適應環境的內容有其差異，相同之處是描寫原鄉的美好。

渡臺歌謠描寫到達臺灣看到的居住形式：「走上嶺來就知慘，看見茅屋千百間，恰似唐山糞缸樣，乞食寮場一般般。」過

番歌謠則寫道：「錫山住嘅茅寮屋，好比唐山廁窖邊。初到番邦看不慣，時時思想轉唐山。」兩首都將異地的茅屋用「糞缸」、「廁窖」比喻，表達難以接受的心情。「食」的部分，渡臺和過番也分別表達出與原鄉的不同，〈渡台悲歌〉指出：「台灣番薯食一月，多過唐山食一年」、「愛想起工食鳳肉，出過後世轉唐山」、「又無點心只三餐」；〈過番〉也提到：「食飯如同雞搶米，臭風鹹魚用油煎。」無不強調臺灣和南洋在吃住方面的差異極大。

比較不同的是，〈過番〉著重描寫在南洋水土不服的情形：「常聞番邦水土惡，新客冲涼至緊關；夜晚冲到八九點，早 [朝] 晨三點又過難。天氣寒冷毛 [無] 被蓋，凍醒就愛去水邊，一身作力要擂過，冷水淋賊一般般。若係冲涼冲得少，隨即疾病就發難，也有病得三五日，幾多病得幾月間，又麼 [無] 銀錢來調治，幾多冤枉命歸仙！」還有老客霸凌新客的現象：「番邦人情薄如紙，開口求人都要錢，新客病重愛茶水，麼 [無] 只 [隻] 朋友敢行前，自己手中麼 [無] 錢使，朋友親戚也是閒！在家說道江湖好，誰知出屋半朝難！受盡老客高聲罵，『冲涼又少做工懶』。若係新客唔 [毋] 聽話，老客就喊打籐鞭，幾多老客思新客，讓 [仰] 得三百六工滿！番邦做工多辛苦，苦過唐山六月天。」無論是害怕得熱病一天到晚冲冷水，或是被老客欺負，都只能忍耐苦撐。

相較於〈過番〉對水土不服的描寫，〈渡台悲歌〉側重描寫客家和閩南頭家生活習慣的不同：「客人頭家還較得，學老頭家

甚是難。一年到暗無水洗，愛尋浴堂也是難，生成禽獸無異樣，若是人身也會爛 [綿]。」還書寫臺灣跪田用手除草的奇怪方式：「天下挲草用腳踏，台灣挲草用手爬，幾多耕田愛欠債，莫非後世報前冤。挲草用手去幫摸，走盡江湖不識見，可比孝家接母舅，恰似烏龜上石灘。雙手用爬腳用跪，天光跪到日落山，面目一身泥鬼樣，閻王看見笑連連。跪暗一日錢一百，跪加三日膝頭爛 [綿]。」

這些工作內容與環境差異的描寫，突顯敘事的主題：「莫渡臺」、「莫過番」。然而現實世界的原鄉卻將「過番」和「渡臺」視為窮人的希望，出洋意味著有機會改變，發財致富，這些是巨大的誘惑（魏明樞，2006：11）。即使有大量的勸莫渡臺與過番的歌謠，仍阻擋不了前仆後繼利用各種管道爭相出國的年輕靈魂。

五、結語

客家族群流傳的〈渡台悲歌〉與〈過番〉歌長篇七言敘事，寫的都是勸勿離鄉和他鄉生活謀生之苦，也都是第一人稱敘事。即使同是第一人稱敘事，〈渡台悲歌〉的敘事視角是「士」階層讀書人觀點，而〈過番〉則是「工」人階層的辛酸描寫，說故事的人身分稍有不同。就形式而言，以本文所參考之異文及校稿版本，客家族群流傳的〈渡台悲歌〉與〈過番〉均為民間長篇敘事，都使用七言歌謠體，並且一韻到底，押相同的舌尖鼻音韻

尾。〈渡台悲歌〉每句7個字，總共380句，共2,660字；〈過番〉每句7個字，總共253句，共1,771字。

就內容而言，這兩首都是勸勿離鄉，歌中描述南洋和臺灣都沒有想像中那麼好，苦勸同鄉不要前往南洋與臺灣，只是歷史數據顯示，這些勸戒並沒有效果，大量的移民與大量的「過番」與「渡臺」敘事形成有趣的正相關。〈過番〉敘寫年輕男子出南洋的故事，〈渡台悲歌〉描述聽信「客頭」對臺灣好賺錢的說詞而渡海來臺。這些敘事透露移民的結構以男性、年輕人為主，因此有研究認為，這是近代客家人的一種「生活方式」。至於兩首歌所再現的「渡臺」與「過番」的歷史記憶，在渡臺與出南洋路線的描寫部分，〈渡台悲歌〉描寫的渡臺路線是從廣東河田出發，也就是今陸河縣境，走韓江流域，到達柘林港渡臺，主要是惠州府的客家人的集體記憶；〈過番〉則是從廣東嘉應州府出發，走韓江流域，到達汕頭出洋，再現的是嘉應州府客家人的過番記憶。

在語言與文化差異的描寫，渡臺文本沒有特別指出語言的差異，過番文本則有一大段落將南洋常用詞彙進行客語翻譯，民間文學作品反映了語言的交流接觸頻繁。〈渡台悲歌〉的長篇敘事，有很大篇幅在討論臺灣與原鄉的差異，除了族群描寫、閩客頭家比較，還有性別歧視（婦女的污穢禁忌）的部分。換句話說，〈渡台悲歌〉使用第一人稱客語敘事，傳統士大夫觀點及男性視角，運用大量俚俗粗鄙用詞表達內心的感受。〈過番〉也是第一人稱客語男性視角，身分是勞工，著重於描寫異域人種的不

同以及水土不服的感受，還有做契約勞工的痛苦，敘寫常民的觀察以及悔恨。

在工作內容及環境適應的部分，渡臺主要從事長工爲頭家耕作，出南洋者如果有本錢可以經營生意，沒有本錢就只能簽「契約工」，爲外國大公司開採錫礦或種烟。這兩首歌謠描寫的工作環境與適應環境的內容有其差異，相同之處是描寫原鄉的美好。相較於〈過番〉對水土不服的描寫，〈渡台悲歌〉側重描寫客家和閩南頭家生活習慣的不同。

這些承載著沿海居民淘金夢的文本，雖然敘事的重點略異，然而大部分都在描寫人處異鄉，或遭雇主剝削、或水土不服疾病纏身、或賺錢後嫖賭敗家等男性的生命歷程與歷史記憶，這些生命經驗的書寫，在在提醒暗示讀文本的人「莫渡臺」、「莫過番」。歌謠的傳誦突顯了移民結構中的男性生命的挑戰與留在家鄉女性生命的茫然。一代代飄洋過海的年輕靈魂，乘船闖盪在未知的國度裡，即使有人衣錦還鄉，卻有絕大部分的人選擇落地生根、安身立命，日久他鄉是故鄉。

第六章

客家月令格聯章歌謠〈十二月古人〉的敘事傳統與異文取材

　　客家月令格聯章歌謠〈十二月古人〉是自古以來民間長時間傳唱形成的定型小調，又稱〈剪剪花〉。本章校對異文重新整理後，指出這首歌十二個月所分別歌詠的十二個主題。這些主題都是關乎生命的重要課題，有些故事有愚忠愚孝之嫌，恐不宜再傳唱。

　　〈十二月古人〉採用傳統月令格聯章的形式，取材戲曲中的人物故事，抒發平民百姓的集體共識並傳承忠孝節義的固有文化。這些人物故事有些雖史有記載，但此歌的「古人」實是戲曲中所展演之人事物，而非史籍所記載的人物，其敘事所本乃民間的戲曲故事，透過民間藝人的口，唱出每齣戲中主角人物的遭遇，並據以警示世人，透顯出民間的集體道德共識與生活實踐規訓。

一、前言

　　客家民間歌謠的研究這幾年有不少的成果，有些從音樂與客家文化的關係探討，例如謝俊逢（1988）探討客家山歌的意義與價值，有的純從音樂的視角研究客家民間歌謠，早期有楊佈光

（1983）研究客家民謠的音樂曲調形式結構，其後有楊熾明（1992）、方美琪（1992）、古旻陞（1992）分別就地域性的客家歌謠進行專題或比較研究，較近的有劉新圓（2000）從「山歌子」的即興進行專論，麥槙琴（2004）則專文探討民間藝人蘇萬松的唱腔，曾瑞媛（2012）針對客家山歌的節奏進行研究。

除了以上對客家音樂的相關論著外，這幾年從文學的視角進行分析的研究也有不少，例如邱春美（1992）分類介紹分析客家說唱文學「傳仔」，彭素枝（1995）調查六堆客家山歌並進行研究，黃菊芳（1999）研究客家民間長篇敘事〈渡子歌〉，謝玉玲（2000）整理臺灣的客語聯章歌謠，曾學奎（2004）研究客家長篇敘事〈渡台悲歌〉，郭坤秀（2005）及彭靖純（2006）各自研究桃竹苗及竹東地區的客家山歌，黃菊芳（2008）根據新的版本繼曾學奎之後再次研究〈渡台悲歌〉，李梁淑（2010）探討與客家歌謠相關的文化與藝術。此外還有周雪美（2000）從語言的角度對客家傳統歌謠的研究等。這些從不同角度深入的研究，無疑增進大家對客家歌謠的認識與了解，也豐富了客家民間歌謠的研究內涵。

奠基於前人研究的成果，本章擬深入探討廣為客家社會接受的客家民間歌謠〈十二月古人〉的異文與取材。站在讀者接受的角度，客家民間歌謠如何被當代的讀者接受，可以從流行歌曲的文本再現觀察客家民間歌謠的當代影響力。根據研究統計，2015年以前，傳統客家民間歌謠被客家流行歌曲直接翻唱或改編的有

62首，¹ 其中〈摘茶〉、〈山歌〉、〈十朝歌〉（或名〈初一朝〉）、〈桃花過渡〉（或稱〈撐船歌〉）、〈桃花開〉、〈十二月古人〉（或名〈跳月古人調〉）等歌謠被不同的歌手翻唱，是接受度極高的歌謠，歌手在選歌時就預期這些民間歌謠應該會被大家接受，換句話說，這六首民間歌謠很值得深入探討。〈摘茶〉（吳盛智的〈摘茶〉內容與其他歌曲不同，但也都是情歌）和〈山歌〉是傳統七言四句山歌詞的曲目改編，這些山歌原本就是歌詞自由即興，可以搭配老山歌、山歌子、平板來演唱。〈十

1　黃霈瑄，《從接受美學視角看臺灣客家歌謠的現代傳承與女性形象再現》（國立中央大學客家語文暨社會科學學系客家語文碩士班碩士論文，2015），頁42。這62首的演唱者及曲目如下：吳盛智（1981）〈問卜〉、〈摘茶歌〉、〈跳月古人調〉、〈美濃調〉、〈桃花開〉、〈十八相送〉、〈山歌〉、〈十朝歌〉、〈桃花過渡〉；黃連煜（1994）〈月光華華〉、（2009）〈桃花開〉、〈十二月古人〉、〈四月平板新調〉、〈心事〉、〈挑擔歌〉、〈共下飛〉、〈初一朝〉、〈望月〉；顏志文（1997）〈我教你唱山歌〉、〈三月的風〉、〈十朝歌〉、〈山歌〉、〈撐船歌〉、（1998）〈摘茶〉、〈夜〉、〈風中个思念〉、（2002）〈紙鷂〉、（2004）〈桃花開〉、（2007）〈十八嬌蓮〉、〈山歌唔唱心唔開〉、〈送金釵〉、〈月有情／人生道德〉、〈摘茶〉、〈新娘奉茶〉；陳永淘（2000）〈無奈何〉、〈大目新娘〉；劉劭希（2001）〈頭擺頭擺〉、〈懶尸妹〉；林生祥（2001）〈菊花夜行軍〉、〈愁上愁下〉、〈兩代人〉、（2008）〈野生〉、〈轉妹家〉；謝宇威（2003）〈山歌〉、〈桃花開〉、（2005）〈奈何〉、〈十八姑娘〉、〈平板〉；湯運煥（2004）〈遠方的鼓聲〉；劉榮昌（2007）〈後生核擔歌〉、〈盼子調〉、〈阿哥阿妹共下來唱歌〉、〈神前下，十八家〉；羅思容（2007）〈落水天〉、〈藤纏樹〉、（2011）〈搖搖搖〉；徐筱寧〈開心老山歌〉；邱金燕（2013）〈上山採茶〉、〈賞梅〉、〈十二月古人〉、〈妹剪花〉；王鳳珠（2013）〈桃花開〉。（黃霈瑄 2015：42-46）按：該文統計63首，其中有一首重複，因此共計62首。

朝歌〉、〈桃花過渡〉、〈桃花開〉、〈十二月古人〉則是小調改編，歌詞內容在民間流傳時是固定的，不會更改。

這些被當代客家流行歌手翻唱的客家民間傳統歌謠之中，只有〈十二月古人〉不是言情而是以敘事爲主，顯得特殊。此外，不論是〈十二月古人〉或是〈跳月古人調〉，被翻唱後都是不完整的，早期吳盛智只唱二月、四月、六月、八月、九月、十一月，後來黃連煜和邱金燕則只有正月、二月、三月。我們可以認爲流行歌曲著重的是旋律，只要曲調順耳，能引起共鳴就能流行，但是〈十二月古人〉在被這些流行歌手翻唱時，並未被更改歌詞，而且歌詞內容由於文字記錄的訛誤，而讓人有不易理解的問題產生，或許這也是翻唱只挑其中幾個月來唱的原因之一。

本章從當代流行歌曲拿來翻唱（新唱）的民間歌謠出發，以〈十二月古人〉爲例，探討民間傳唱過程中的異文與相關問題。本章除前言外，分別探討客家月令格聯章歌謠的敘事傳統與〈十二月古人〉的命名原由、「剪剪花」的歷史傳承、〈十二月古人〉的異文、〈十二月古人〉校定本與內容取材探討，最後是結語。

二、客家月令格聯章歌謠的敘事傳統與〈十二月古人〉的命名原由

客家月令格聯章歌謠與各地民間歌謠的月令格類似，這一類的歌謠從《詩經》的〈豳風・七月〉就已經有跡可循，《樂府詩

集》記載的〈月節折楊柳歌〉也是依月排序，敦煌俗曲歌辭中有不少月令聯章詩歌，這些依月敷衍的形式不論是文人還是民間，都有不少的作品。論者認爲這一類的歌謠反映一般人對時間與數字的認知（胡紅波，1998：95-115），而用時序按月鋪陳的形式對於民間歌者而言較容易記憶（謝玉玲，2010：7）。但也容易混淆，當月令格聯章的內容是歌詠古人古事的時候，異文也就容易產生。在形式上，客家的月令格聯章歌謠並不特殊，最特別之處大概是使用客語演唱。不過若就內容觀察，客家的〈十二月古人〉是各地這一類民間歌謠裡非常特殊而流傳深遠的一首，單就當代臺灣客家流行音樂對這首歌的青睞，已經讓它不同於其他月令格聯章歌謠，值得我們深入探討。

　　客家民間歌謠〈十二月古人〉屬於客家民間歌謠裡的「小調」，客家的小調與大調不同，大調是主旋律不變，而音隨字轉，歌詞內容則可隨興自由創作，分別有老山歌、山歌子、平板三大調；小調則是曲、詞統一，一調一曲，固定不變。〈十二月古人〉是用「剪剪花」的調子演唱，所以傳統上稱〈十二月古人〉即是〈剪剪花〉，〈剪剪花〉即是〈十二月古人〉，在客家小調裡是已定型的歌曲。顧名思義，〈十二月古人〉有兩個重點，即「十二月」及「古人」。

　　「十二月」指的是按照月令，由正月、二月……一直唱到十二月的形式。這種按照十二月鋪排、章數、句式相同的作品，由於格式特殊，有學者將之命名爲「月令格聯章」（胡紅波，1998：95-115），認爲屬於「定格聯章」之一種，若就歌詞而

言，應該沒有問題，但因為唱這首歌時，按例一定要在每章的第二、四句上四下三之間帶出「剪剪花」的和聲，所以若按當初任二北先生於《敦煌曲初探》所作的分類：「敦煌曲內之聯章，本不擇調而施。如五更轉、十二時、百歲篇、十恩德等之限辭數或段數者，曰定格聯章；如散花樂、好住娘、悉曇頌等，既限多篇，又皆有和聲者，曰和聲聯章：各詳上文。尚有不拘種種，祇以辭意一首未盡，遂爾多相聯者，因劃為『普通聯章』。」（任二北，1954：316）理應將此曲歸於「和聲聯章」才是。

　　目前可見最早且與今日月令格聯章歌曲有密切相關的是敦煌俗曲，如果單就月令鋪排而言，早在《詩經》就有〈七月〉一詩可供參考，但是與今日按月令順序鋪排的歌曲差異頗大。其中學者擬題為〈十二月（邊使戎衣）〉〔伯3812〕十二首：「正月孟春春漸喧，一別狂夫經數年。○○○○○○○，遣亡尋常獨自眠。……十二月季冬冬已極，寒衣欲送愁情逼，莫怪裁縫針腳粗，為憶啼多竟無力。」（舒蘭編，1989：1236-1276）此首為任二北校錄，前有斯6208號，擬題為〈十二月（遼陽寒雁）〉十二首，形式與〈邊使戎衣〉相同，內容稍異。其七言四句一章，共十二章，且每章第三句都不押韻，押韻以四句為一組，押平聲韻時，第三句為仄聲字尾，押仄聲韻時，第三句為平聲字尾，極為規律，已是今日民間月令格聯章作品的濫觴。至於今日所見〈十二月古人〉各異文皆押平聲韻，每章第三句皆為仄聲字尾，無一例外。可見客家此類月令格聯章的敘事傳統與一般客家山歌相同，以押平聲韻為正格，而且是四句一組，第三句句尾不

押韻。

　　「古人」則是指歌詞內容是以歌詠戲曲中的人物爲主要題材，有點類似敘事型的七絕詠史詩，都是七言四句一組，只不過形式要求不嚴格，以能朗朗上口爲主。其內容「有別於一般的情歌戀曲，也不同於單純的敘事講古，更非說教勸善之歌；而是以古代人物爲主，按月鋪排，自然就看到一串串古人名單在歌詞裡，配合簡單的描述，形象地勾勒出每個人物的歷史評價，不見得準確，卻鮮明概括，令唱者易於記憶、聽者印象深刻。」（胡紅波，2000：26）述「古人」之事，甚至加以評論，頗有詠史味道，只不過這些古人都是出自戲曲，所詠的內容以戲曲所展演的故事爲依據，每段將其中最精彩的部分詠出，如果說是「形象地勾勒出每個人物的歷史評價」，還不如說是形象地勾勒出每個人物在戲曲中的評價或關鍵事蹟。

三、「剪剪花」的歷史傳承

　　由於〈十二月古人〉在客家地區都是以「剪剪花」的調子唱，所以也有稱之〈剪剪花〉者，而唱這首歌時，按例一定要在每章的第二、四句上四下三之間帶出「剪剪花」的和聲，因此〈十二月古人〉又稱〈剪剪花〉。因爲「剪剪花」的曲調在客家地區都是演唱「十二月古人」的內容，所以〈剪剪花〉與〈十二月古人〉在客家地區都是指同一首小調。因此也有研究者認爲應該定名爲〈十二月古人・剪剪花〉比較好（胡紅波，2000：62-

64）。如果依傳統曲牌名放在前面的習慣，則定爲〈剪剪花‧十二月古人〉亦無不可。

查考古籍的紀錄及前輩的研究，〈剪剪花〉是歷史悠久的曲調，根據李家瑞編《北平俗曲略》一書所記載：

> 剪靛花，北平或稱剪甸花，湖北河南則稱剪剪花。名稱雖然不一，其實卻是一樣。這調子初見於《綴白裘》〈占花魁〉一劇，至《霓裳續譜》裡就有三十餘種之多。到現在，更是普遍得很。在俗曲裡最有勢力的〈二十四糊塗〉〈打牙牌〉〈下盤棋〉〈放風箏〉等，都是用這個調子。南方傳到蘇州上海，西方通行到四川雲南。（李家瑞，1933：128）

照這段敘述看來，此曲似乎是從北平往其他地區傳播的，但是在《北平俗曲略》的序目卻又有一段討論「北平俗曲的來源」的文字，清楚地說「剪靛花」是自河南湖北輸入：

> 我們研究北平俗曲的結果，知道北平原有的俗曲不多，大半都是從外省輸入的。北方自蒙古熱河輸入元人的小令，倒喇，溝調等，東北由遼金清輸入打連廂，倒喇，群曲，嘣嘣戲等，東方從山東輸入濟南調，利津調，金錢蓮花落等，西方自山西陝西甘肅四川輸入秦腔，西調，四川歌等，南方自福建浙江江蘇安徽輸入福建調，南詞，灘簧，蕩湖調，揚州歌，打花鼓等，中部自河南湖北輸入剪靛花，湖廣調等，其

餘馬頭調，十盃酒，銀紐絲，道情，秧歌等，也都有自外傳
來的痕蹟（均在本文證明）。……（李家瑞，1933：5）

　　這裡面有其矛盾之處。在李家瑞的書中記載：「剪靛花每段
四句，第三句之後，有『哎哎喲』的虛腔；早一點的本子不用虛
腔，卻將第三句重疊一句（《霓裳續譜》所選均如此）。曲意以
女子思春為最多，所以用『姐在房中……』起首的，在《霓裳續
譜》裡有六種，在《北京小曲百種》裡有五種。」（李家瑞，
1933：128）據此敘述，則與目前客家地區流傳之〈剪剪花〉曲
調差異頗大，並且在前引文字敘述中，無法看出〈剪靛花〉何以
命名為「剪靛花」，反而在客家地區流傳之〈剪剪花〉保留了何
以名之為〈剪剪花〉的跡象。

　　《中國曲學大辭典》中提到：剪靛花「又名『剪甸花』、
『姐姐花』、『剪剪花兒』。清乾隆年間始流行。正格為四句二
十四字，第三、第四句可全疊，亦可只疊最後兩三個字。常來回
翻三五遍為一曲。另有變體，如〈剪靛花便音〉、〈剪靛花帶
戲〉、〈滿州剪靛花〉等。〈剪靛花帶戲〉是在本曲之中插入其
他曲調，像〈駐雲飛〉、〈南詞〉等，然後再回到本曲，回歸部
分標作〈剪靛花尾〉。〈滿州剪靛花〉則加"阿拉拉"的虛
聲。」（齊森華，1997：814）可見〈剪靛花〉變體之多，亦可
見其流傳之廣。

　　根據資料，康熙後刊行的劉廷璣《在園雜志》卷三，在敘述
清初各樣時興小調時，有提到〈靛花開〉（劉廷璣，1971？：

4），很可能是〈剪靛花〉的別名。而清代乾隆後刊行的李斗《揚州畫舫錄》，書中在介紹清代揚州流行的各種小調時，有提到以琵琶、絃子、月琴、檀板合動而語的〈銀紐絲〉、〈四大景〉、〈倒板槳〉、〈剪靛花〉、〈吉祥草〉、〈倒花藍〉諸調，並認為以〈劈破玉〉為最佳。李斗在書中提到〈劈破玉〉的受歡迎：「有于蘇州處邱唱是調者，蘇人奇之，聽者數百人。明日來，聽者益多，唱者改唱大麴，臺一噱而散。」此外，書中還提到當時善為新聲的黎殿臣，時人謂之「黎調」，亦名「跌落金錢」，二十年前尚哀泣之聲，謂之〈到春來〉，又謂之〈木蘭花〉，後以下河土腔唱〈剪靛花〉，謂之〈網調〉（李斗，1969：559-560）。由此可知，〈剪剪花〉一曲很可能早在清初，甚至更早便已流傳開來了，畢竟文字的記錄總是後起的。

至於為什麼要命名為〈靛花開〉、〈剪靛花〉？又為什麼會訛誤為〈剪甸花〉、〈剪剪花〉？「靛花」是什麼？辭書解釋：「藥名。又名蛤子粉。藍質浮水面者曰靛花，入藥曰青黛。」而「靛」則解釋為：「青藍色染料。用藍草葉之汁和水與石灰沉澱而成，謂之水靛。別一種名土靛，乾硬成塊，用藍草葉晒乾搗爛為之。」（廣東、廣西、湖南、河南辭源修訂組、商務印書館編輯部編，1988：1827）《本草綱目》卷十六「藍澱」條下解釋說：「澱，石澱也。其滓澄澱在下也。亦作澱。俗作靛。南人掘地作坑，以藍浸水一宿，入石灰攪至千下，澄去水，則青黑色，亦可乾收，用染青碧。其攪起浮沫，掠出陰乾，謂之靛花，即青黛。」（明・李時珍，1968：128-129）據此，一般認為是和從

事織染工作的婦女有密切關係（胡紅波，2000：24-25）。

　　《中國音樂詞典》提到：「剪靛花，小調。又名剪剪花、剪旬花、靛花開、碼頭調[2]等，廣泛流行全國各地。……常常根據歌詞而另取曲名。有〈放風箏〉、〈摘棉花〉、〈繡五更〉、〈選郎歌〉等不同曲名，有不同的變體。曲調為五聲宮調式，具有抒情柔和的特點。」（丹青藝叢編委會編，1986：77）若此說可信，則〈十二月古人〉應是根據歌詞內容而另取的歌名，並且是原〈剪靛花〉的變體之一。在張繼光先生〈明清小曲【剪靛花】曲牌考述〉一文中，提到〈剪靛花〉的內容：「其取材極為廣泛，大致有男女情詞、詼諧、改編詩詞、喜歌、計數歌等諸類作品。其中以情詞為最大宗，此類作品有時會夾入較淫色情的用語，……」（張繼光，1993：82-83）據此考述，則目前臺灣客家地區流傳的〈十二月古人〉顯然不在上述各類之中，極為特殊。

2　〈碼頭調〉應該不是〈剪靛花〉的別名，據李家瑞《北平俗曲略》：「馬頭調，即是水上馬頭的調子，有南馬頭調北馬頭調之分，楊掌生的《夢華瑣簿》裡說：『南中歌伎唱馬頭調皆小曲，……皆與京城馬頭調不同也』。《霓裳續譜》與《白雪遺音》，選錄馬頭調最多，都是京城馬頭調；蘇州刻本小曲裡有馬頭調數種，上海沈鶴記書局《工尺大觀》有南馬頭調工尺譜；對照看看，兩種各有不同。……」

四、〈十二月古人〉的異文

　　流行歌曲的〈十二月古人〉直接取材自客家民間的小調，而目前有文字記錄的客家小調〈十二月古人〉共有五個異文。最早的異文出自1928年出版的《粵東之風》，羅香林著；第二個異文出自1975年出版的《臺灣諺語》，吳瀛濤著；第三個異文出自1982年出版的《台灣客家系民歌》，楊兆禎著；第四個異文出自1993年出版的《台灣客家民謠薪傳》，賴碧霞著；第五個異文來自網路，由陳清台、黃桂香主唱，正確的記錄年份不確定，應是近年所記。這首歌最早從西元1928年開始，便有文字記錄，可見其傳唱必然早於1928年。表6-1整理比較〈十二月古人〉的五種異文。

　　由表6-1可知，正月、二月、三月、七月及十二月所詠的古人，四首皆相同，而文字小有出入。其他則有人物相同，但置於不同月份的，或有未詠人物的，或是所詠異於它本者，這是民間傳唱時常見的現象。雖然各本訛字頗多，但根據各本所保留下來的文字，已足夠推敲原歌的內容。

五、〈十二月古人〉校定本與內容取材探討

　　客家地區另有一首〈月情古賢人〉（賴碧霞編著，1993：95-96），也是詠古人古事，從一月詠到十月，所詠與〈十二月古人〉完全不同，曲調也不同，應是另一個系統。在臺灣南港中

央研究院的傅斯年圖書館的善本室裡保存著與〈十二月古人〉內容近似的歌曲，如〈十二月大花名〉、[3]〈新刻十二月古人名〉、[4]〈孟姜女十二月古人名〉、[5]〈十二條手巾〉、[6]〈時興新調採茶歌〉、[7]〈時曲十隻枱子〉、[8]〈改良十二月花會名〉[9]等。

---

3 《時調大觀》八集，臺北中央研究院傅斯年圖書館善本室，編號Tc14-186。〈十二月大花名〉又名〈十二名花〉，在《時調大觀》裡，光碟代號：CD441。相似內容：「正月裡來是新年，抱石投江錢玉蓮；繡鞋脫在江邊上，連叫三聲王狀元，江邊上，王狀元，連叫三聲是王狀元。二月裡來龍抬頭，千金小姐拋綵球，綵球拋在李蒙正，蒙正心中好風流，李蒙正，好風流，蒙正心中是好風流。三月裡來三月三，昭君娘娘去和番，可恨奸臣毛延壽，懷抱琵琶馬上彈，毛延壽，馬上彈，哀哀哭出雁門關。四月裡來開木春，磨坊受苦李三娘，賓州做官劉智遠，因何一去不回鄉，劉智遠，不回鄉，因何一去不回鄉。五月裡來石榴紅，逢遇得遇蔣世隆，有緣千里來相會，無緣對面不相逢，來相會，不相逢，無緣對面是不相逢。六月裡來熱難當，漢朝出了楚霸王，霸王自刎烏江口，韓信功勞在何方，烏江口，在何方，韓信功勞是在何方。……十二月裡臘梅黃，鎮守三關楊六郎，殺人放火焦光贊，偷營刼寨是孟良，焦光贊，是孟良，偷營刼寨是孟良。」
4 〈新刻十二月古人名〉，臺北中央研究院傅斯年圖書館善本室，光碟代號：CD440。封面題〈新刻時樣十二月古人名〉。相似內容：「……二月裡龍抬頭，千金小姐拋彩球，彩球拋倒呂蒙正，破瓦窯中出諸侯。三月裡三月三，招君娘娘去和番，捨不淂劉王真天子，珠淚汪汪出了關。……五月裡是端陽，正守三關楊六郎，殺人放火焦光贊，偷營刼塞是孟良。六月裡熱難當，磨房受苦李三娘，劉志遠一去十六載，三娘生下咬嚌郎。……」
5 《時調大觀》二集，臺北中央研究院傅斯年圖書館善本室，編號Tc14-182。
6 張鳳翔校正、趙志馨編輯，《時調指南》，臺北中央研究院傅斯年圖書館善本室，編號：Tc14-188，光碟代號：CD441。
7 臺北中央研究院傅斯年圖書館善本室，光碟代號：CD444。
8 臺北中央研究院傅斯年圖書館善本室，光碟代號：CD441。
9 《新編時調》七集，臺北中央研究院傅斯年圖書館善本室，編號Tc17-210。另有一首收在《最新口傳名家時曲精華時調指南》四集，編號：Tc15-190。

表6-1：〈十二月古人〉異文比較表

異文 I《粵東之風》1928	異文 II《臺灣諺語》1975	異文 III《台灣客系民歌》1982	異文 IV《台灣客家民謠薪傳》1993	異文 V 網路 ?年
正月裡來是新年，抱石投江錢玉蓮；脫下繡鞋為表記，連叫三聲王狀元。	正月裡來是新年，抱石投江錢玉蓮；脫下繡鞋為表記，連叫三聲王狀元。	正月裡來是新年，王石浮江雪玉蓮；脫得花鞋離苦去，連叫三聲王狀元。	正月裡來是新年，抱石投江錢玉蓮；繡鞋脫賜為古記，連喊三聲王狀元。	正月裡來是新年，抱石投江剪玉剪花，噯喲錢玉蓮噯喲剪花，繡鞋脫掉為古記，連喲三聲噯喲噯喲，噯喲王狀元哎喲噯喲。
二月裡來龍鳳樓，小姐綵樓拋繡球；繡球單打呂蒙正，蒙正頭上逞風流。	二月裡來龍鳳樓，小姐樓上拋繡球；繡球單打呂蒙正，蒙正頭上逞風流。	二月裡來百花開，小姐打扮在樓臺；繡球打中呂蒙正，蒙正真是好人才。	二月裡來龍抬頭，小姐繡球拋南樓；繡球打在呂蒙正，蒙正寒窗才出頭。	二月裡來龍大頭，小姐南樓剪花，噯喲拋繡球哦噯喲剪花，繡球落在呂蒙正，蒙正頭上剪花，噯喲正風流哦噯喲噯喲。
三月裡來三月三，昭君娘娘去和番；回頭看見毛延壽，懷抱琵琶馬上彈。	三月裡來三月三，昭君娘娘去和番；回頭看見毛延壽，輕把琵琶馬上彈。	三月裡來三月三，昭君娘娘去和番；舉頭看見毛延壽，手攬琵琶馬上彈。	三月裡來三月三，昭君娘娘去和番；回頭不見毛延壽，手抱琵琶馬上彈。	三月裡來三月三，昭君娘娘剪花，噯喲去和番哦噯喲剪花，回頭看見毛延壽，手攬琵琶剪花，噯喲馬上彈哦噯喲噯喲。

異文 I《粵東之風》1928	異文 II《臺灣諺語》1975	異文 III《台灣客家系民歌》1982	異文 IV《台灣客家民謠薪傳》1993	異文 V 網路 ? 年
四月裡來楊柳長，自把三關楊楊六郎；殺人放火焦光贊，謀財害命是孟良。	四月裡來楊柳長，自把三關楊楊六郎；殺人放火焦光贊，謀財害命差任仁。	四月裡來蓮花紅，秀梅遇到張長樹春；有緣千里來相會，無緣對面不相逢。	四月裡來日又長，房中磨麥李三娘；鎮州做官劉楊六郎，馬上拋刀楊六郎。	四月裡來四又長，馬上拋刀剪剪花，噯喲楊六郎哦喲噯喲；汀洲做官劉志遠，房中磨麥剪剪花，噯喲李三娘哦喲噯喲。
五月裡是端陽，磨房生下咬臍郎；邠州做官劉智遠，房中挨磨李三娘。	五月裡來是端陽，磨房生下咬臍郎；荊州做官劉智遠，房中挨磨李三娘。	五月裡來是端陽，漢朝出有楚霸王；霸王死在烏江上，韓信功勞在何方。	五月裡來蓮花紅，秀蘭遇著張世隆；有緣千里來相會，無緣對面不相逢。	五月裡來蓮花紅，端蘭遇著剪剪花，噯喲張子龍哦喲噯喲；沒緣千里來相會，無緣面對剪剪花，噯喲不相逢哦喲噯喲。
六月裡來熱難當，漢朝出了楚霸王；霸王死在烏江上，韓信功勞在何方？	六月裡來熱難當，秦朝出了楚霸王；霸王死在烏江上，韓信功勞在何方。	六月裡來熱難當，馬上抱刀楊六郎；京城做官劉智遠，房中推磨李三娘。	六月裡來熱熱當，漢朝出有楚霸王；霸王死在烏江上，韓信功勞在何方。	六月裡來熱難當，漢朝出有剪剪花，噯喲楚霸王哦喲噯喲；霸王死在烏江上，韓信功勞剪剪花，噯喲在哪方哦喲噯喲。

異文Ⅰ 《粵東之風》 1928	異文Ⅱ 《臺灣諺語》 1975	異文Ⅲ 《台灣客家系民歌》 1982	異文Ⅳ 《台灣客家民謠薪傳》 1993	異文Ⅴ 網路 ？年
七月裡來秋風起， 孟姜烈女送寒衣， 萬里長城行不到， 鞋尖腳小步難移。	七月裡來秋風起， 孟姜烈女送寒衣， 萬里長城行不到， 鞋尖腳小步難移。	七月裡來秋風起， 孟姜烈女送寒衣， 孟姜烈女尋夫主， 哭斷長城八百里。	七月裡來秋風起， 孟姜烈女送寒衣， 去到長城尋夫主， 哭斷城牆八百里	七月裡來秋風起， 孟江烈女剪剪花， 噯喲送寒衣哦哪喲哪喲， 去到長城尋夫主， 哭斷城牆剪剪花， 噯喲八百里哦哪喲哪喲。
八月裡來是中秋， 姊妹搖船到九州， 姊妹同賞中秋月， 月華唔出心唔休。	八月裡來是中秋， 姊妹搖船到九州， 姊妹同賞中秋月， 月華唔出心唔休。	八月裡來秋風涼， 梅倫害死蘇娘娘， 李氏夫人來代死， 潘管木來奏君王。	八月裡來秋風涼， 梅倫害死蘇娘娘， 李氏夫人來代死， 潘國一本奏君王。	八月裡來秋風涼， 梅倫害死剪剪花， 噯喲蘇娘娘哦哪喲哪喲， 李氏夫人來代死， 奏割一本剪剪花， 噯喲奏君王哦哪喲哪喲。
九月裡來是重陽， 匹馬單刀斬大王， 行過五關斬六將， 擂鼓三通斬蔡陽。	九月裡來是重陽， 匹馬單刀斬雲長， 行過五關斬六將， 擂鼓三通斬蔡陽。	九月裡來是重陽， 單刀匹馬斬雲長， 過了五關斬六將， 擂鼓三通斬蔡陽。	九月裡來是重陽， 甘羅十二為宰相， 甘羅十二年紀少， 太公八十遇文王。	九月裡來是重陽， 甘羅十二剪剪花， 噯喲為臣相哦哪喲哪喲， 探康年幼做臣相， 太公八十剪剪花， 噯喲遇文王哦哪喲哪喲

異文I	異文II	異文III	異文IV	異文V
《粵東之風》 1928	《臺灣諺語》 1975	《台灣客家系民歌》 1982	《台灣客家民謠薪傳》 1993	網路 ？年
十月裡來牡丹花， 張公九世不分家； 門前種有千年樹， 和氣團圓共一家。	十月裡來牡丹花， 張公九世不分家； 門前種有千年樹， 和氣團圓共一家。	十月裡來小陽春， 孟宗哭竹見孝心； 孟宗哭竹出冬生筍， 郭巨埋兒天賜金。	十月裡來過大江， 單人獨馬關雲長， 過了五關斬六將， 雷鼓一通斬蔡陽。	十月裡來過大筒， 單刀匹馬剪剪花 噯喲關雲長哦哪哪喲， 過了五關斬六將， 鑼鼓三通剪剪花 噯喲斬蔡陽哦哪哪喲。
十一月來又一冬， 孟宗哭竹在山中； 孟宗哭竹終生筍， 郭巨埋兒天賜金。	十一月來又一冬， 孟宗哭竹在山中； 孟宗哭竹出冬生筍， 郭巨埋兒天賜金。	十一月裡過大江， 丁山有子叫薛剛； 甘羅十二為丞相， 太公八十遇文王。	十一月裡來又一冬， 孟宗哭竹在山中； 孟宗哭竹出冬生筍， 郭伯埋兒天賜金。	十一月裡來一冬， 孟宗哭竹剪剪花 噯喲在山中哦哪哪喲， 孟宗哭竹出冬生筍， 郭巳埋兒剪剪花 噯喲天賜金哦哪哪喲。
十二月來又一年， 文公走雪真可憐； 橋上遇著韓湘子， 雪擁藍關馬不前。	十二年來又一年， 文公走雪真可憐； 山上遇著韓湘子， 雪擁藍關馬不前。	十二月來又一年， 韓公走雪真可憐； 中途遇見藍湘子， 雪勇藍關馬不前。	十二月裡來已一年， 文公走雪真可憐， 橋頭遇見韓湘子， 薛擁藍關馬不前。	十二月走雪一年， 文王走雪剪剪花 噯喲真可憐哦哪哪喲， 橋頭遇著韓湘子， 薛擁藍關剪剪花 噯喲馬不前哦哪哪喲。

這些歌都是從正月詠到十二月，並且都以戲曲人物爲歌詠對象。以內容而言，這些俗曲與〈十二月古人〉最相近的要數〈十二月大花名〉和〈新刻十二月古人名〉。〈十二月大花名〉也是從正月詠到十二月，其中正月到六月及十二月共七組所詠內容與〈十二月古人〉一樣，但是唱法不同。〈新刻十二月古人名〉與〈十二月古人〉相似的部分有二月、三月、五月、六月共四個故事。

　　此外，近年來大陸地區收集了不少各地的民歌，並集結成冊，其中以《中國歌謠集成‧江蘇卷》江寧縣裡的〈十二月古人名〉與客家這首〈十二月古人〉最爲近似。不僅題目接近，內容也有相近處，如：「……五月裡來午端陽，穆桂英掛帥戰番邦，先行丈夫楊宗保，三關元帥楊六郎。六月裡來熱難當，磨房受苦李三娘，日間挑水百十擔，夜晚推磨到天亮。七月裡來七秋涼，紅人紅馬關雲長，過五關來斬六將，擂鼓三通斬蔡陽。……九月裡來菊花黃，韓信入關投劉邦，十面埋伏楚霸王，別姬自刎在烏江。……冬天裡來是小寒，昭君娘娘去和番，手抱琵琶彈三彈，聲聲哭出雁門關。……」

　　除了這兩首較爲相關之外，其他較爲近似的歌詞裡，以〈時興新調採茶歌〉最爲特殊，這首歌從正月唱到十二月，再倒回來從十二月唱到正月，稱之〈倒採茶〉，每月四句，歌前提示所唱的戲名，茲舉正月爲例：「〈古城記〉。正月採茶梅花開，獨行

千里送嫂來；□過五關斬六將，張飛不肯把城開。」[10]其他月份
分別提示爲〈鳴鳳記〉（二月）、〈征東記〉（三月）、〈牧羊
記〉（四月）、〈號天塔〉（五月）、〈□忠補〉（六月）、
〈鶯歌記〉（七月）、〈精忠記〉（八月）、〈妝盒記〉（九
月）、〈千金記〉（十月）、〈贈玉帶〉（十一月）、〈鬧崑
陽〉（十二月）。這首歌將每月所詠的戲曲名稱寫出，似是其他
類似歌曲的鼻祖。另外，《中國歌謠集成·浙江卷》鄞縣採集的
〈十二月花名戲文〉也有相近的內容，但是每組五句，與〈十二
月古人〉應非同一系統，其相近的歌詞如下：「……三月桃花是
清明，彩樓招新呂蒙正，岳父嫌貧想退婚，屈居寒窯求功名，得
中狀元後翻身。……八月桂花陣陣香，金榜題名王十朋，家中生
活苦難講，山中遇到大嬌娘，情義夫妻回家鄉。」

　　這些歌曲的唱法與客家小調〈十二月古人〉不同，但是仍有
近似的主題，足見戲曲作品在民間流傳力量之大。至於這些戲曲
中的人物對於民間百姓而言就是歷史人物，也是自我價值與理想
的投射，還有傳統忠孝節義的意識形態傳承。即使時代不同，這
些戲曲中的人物遭遇依然是民間百姓重要的心靈寄託。〈十二月
古人〉歌中所詠古人古事，都是來自戲曲，分月討論並校稿如下
（初步的討論可參考謝玉玲，2010：127-129）。

10　「□」：無法辨視的文字以方框代替。下同。

（一）正月

正月裡來是新年，抱石投江錢玉蓮；

繡鞋脫忒爲古記，連喊三聲王狀元。

正月所詠，各本一致，押韻亦同，文字偶有出入，乃出自南戲《王十朋荊釵記》。第三個異文的「雪」應作「錢」，第四個異文的「剪」應作「錢」。

一般考證皆認爲荊劇是元人柯丹邱作，而版本則「從明代以來，此記就有古本和改本之分，改本在文字、聲律上，在南戲的表現形式上，較之古本，都顯得雅正與完整，然而在明代的舞臺演出時，古本則仍佔相當大的地位。」（劉大杰，1991：996）《荊釵記》的全文共四十八齣，寫王十朋、孫汝權和錢玉蓮的戀愛糾紛，因孫汝權的陷害，逼得錢玉蓮投江自殺，幸遇路人救起，後來經過種種波折，王、錢夫婦得以團圓。全劇主要呈現出錢玉蓮、王十朋忠於愛情、反抗惡勢力的積極精神（謝玉玲，2010：127-129）。歌中所詠正是劇中一幕：

> 【江見水】五更時候，抱石江邊守。遠觀江水流，照見上蒼星和鬥。把金釵勞扣，脫一雙繡鞋，遺寄在江邊口，婆婆見此鞋，必定勞屍首，王十朋夫！你把荊釵發下，錢玉蓮不嫁孫汝權，跳入長江去。三魂赴水流，七魄隨浪走。姑姑逼就玉蓮喪江心，死去萬年名不朽。（明·徐明昭編輯，[1553] 1987：183）

〈十二月古人〉將此事置於正月，有其根據，《荊釵記》的大團圓結尾便是在新年時期：

> 【聒仙燈】節屆元宵，燈月燦然，高到觀門，拈香薦悼。
> 末：只見畫燭熒煌，祥煙繚繞。
> 生（狀元）：追想音容，轉交憂悄悄。特朝拜上清，仗此名香表至誠，亡妻滯水渚，願神魂得上昇，橫死孤魂都召請，請到壇前恥往生。
> 合：諷仙經，薦亡靈，仗此功勳超聖境。
> 旦（玉蓮）：前日已預名，屆此良辰來，開庭拈香注寶鼎，望慈悲做證明，惟願亡靈來受領，就此香花酒果餅。（明・徐明昭編輯，[1553] 1987：189）

當時，王氏夫妻均認爲對方已死，但仍時常爲對方祈福，不願再婚，在元宵燈夕，上元令節，玄妙觀醮會，十朋前往拈香追薦錢玉蓮，適玉蓮與梅香亦到廟觀拈香，驀然相見，只感天下竟有如此相似之人？後安排見證，玉蓮出以荊釵，終得團圓。

小調將全劇中最動人心的投江一幕化做三個句子，並以「連喊三聲王狀元」做結，彷彿聽見那做了決定的錢玉蓮，於投江前對夫婿的萬般不捨，聞之令人鼻酸，更見編此歌謠者的藝術匠心。

（二）二月

二月裡來龍抬頭，小姐綵樓拋繡球；

繡球打在呂蒙正，蒙正寒窗才出頭。

二月所詠，各本亦非常一致，押韻只有（III）不同，其餘相同，文字小有出入，所詠內容出自元代雜劇《呂蒙正風雪破窯記》。本事見於王定保《摭言》，述王播未遇時，客於揚州惠照寺木蘭院，隨僧齋食，後眾僧故意於齋後擊鐘，以示厭怠。後來王播榮顯，舊地重訪，見自己以前的題詩都以碧紗籠罩，提詩云：「上堂未了各西東，慚愧闍黎飯後鐘；二十年來塵撲面，如今始得碧紗籠。」民間傳說都把王播的事附會在呂蒙正身上，而有元‧馬致遠創作的《呂蒙正風雪齋後鐘》及王實甫的《呂蒙正風雪破窯記》，關漢卿也有同名作品，今無存本。

明傳奇有《破窯記》，地方戲曲展演此劇的亦不在少數。二月的首句應作「二月裡來龍抬頭」，理由是客家諺語有言：「二月二，龍抬頭。」根據學者詮釋，「這裡的龍是指東方蒼龍七宿在天空的隱現變化，角宿象徵龍的頭角，他們在冬天時節都隱於地平線下，一直到二月初，才慢慢從東方地平線上出現，……東方蒼龍，初露頭角，就是龍抬頭。因為龍是棟樑人才的隱喻象徵，所以凡是人才出頭，都可以叫龍抬頭。」（何石松，2009：213）在此配合寒窗苦讀終出頭的呂蒙正故事，編排歌謠者有其匠心安排。

（三）三月

三月裡來三月三，昭君娘娘去和番；

回頭看見毛延壽，手攬琵琶馬上彈。

三月所詠，各本相同，韻字全同，文字小有出入，乃民間流傳廣遠的昭君故事，所詠內容應是明代雜劇《昭君出塞》。關於昭君和番，《漢書·元帝紀》、《漢書·匈奴傳》和《後漢書·南匈奴傳》等史籍都有記載，據歌中提到毛延壽此人，則本事出自《西京雜記》卷二。

（四）四月

四月裡來楊柳長，自把三關楊六郎；

殺人放火焦光贊，謀財害命是孟良。

四月所詠，前兩個異文與後三個異文不同，押同韻，前兩個異文詠楊六郎、焦光贊、孟良事，是民間流傳甚廣的楊家將故事。元代雜劇有《楊六郎私下三關》，王仲元作，劇本已佚；另有《焦光贊活拿蕭天佑》雜劇，作者不詳，按《宋史》，楊業子延朗，初名延昭，善用兵，有父風，人呼之爲楊六郎，焦贊、蕭天佑諸人，皆史所不載，乃據民間傳說敷衍成劇。第二個異文的最後三個字「差任仁」應是記錄者不清楚歌者在唱什麼而記錯了，當爲「是孟良」；第三個異文出自南戲《王瑞蘭閨怨拜月亭》，「秀梅」應作「瑞蘭」，「張樹春」應作「蔣世隆」，修改後方才押韻；第四個異文則出自南戲《劉知遠白兔記》，或可說是出自較早的金、元《劉知遠諸宮調》，據戲文，「智」應作

「知」，「鎮州」應作「九州」；第五個異文與第四個異文相同，只是將「馬上拋刀楊六郎」放在第二句。根據五月所詠來看，後兩個異文的「馬上拋刀楊六郎」恐怕是因同韻而誤植於此。

（五）五月

五月裡來是端陽，磨房生下咬臍郎；
九州做官劉知遠，房中挨磨李三娘。

五月所詠，前兩個異文與四月所詠的後兩個異文相同，跟四月所詠比起來，應該是比較完整的四句；第三個異文寫項羽及韓信之事，元代雜劇有《項羽自刎》、《蕭何月下（夜）追韓信》，明代雜劇有《淮陰侯》，明代傳奇有《千金記》，以《千金記》述韓信及項羽事最為完備，此歌結句用「韓信功勞在何方」，頗有替信申冤之意；第四和第五的異文出自南戲《王瑞蘭閨怨拜月亭》，與四月的第三個異文本所詠相同。第四個異文的「秀蘭」應作「瑞蘭」，「張世隆」應作「蔣世隆」；第五個異文的「端蘭」應作「瑞蘭」，「張子龍」應作「蔣世隆」。

（六）六月

六月裡來熱難當，漢朝出有楚霸王；
霸王死在烏江上，韓信功勞在何方？

六月的第一、二、四、五版本所詠相同，第五個異文的「龍江」應作「烏江」；第三個異文與五月的前二個異文所詠相同，

「抱」應作「拋」，「志」應作「知」。

（七）七月

七月裡來秋風起，孟姜烈女送寒衣；

去到長城尋夫主，哭崩城牆八百里。

七月所詠全同，押同韻，文字小有異同，都是孟姜女哭倒長城的民間傳說，南戲有《孟姜女送寒衣》，已佚，今民間戲曲仍有《孟姜女》劇目演出，本事出於《左傳》，載齊將杞良戰死，其妻成禮弔唁之事，《說苑》、《列女傳》、《郡國志》、《古今注》所載內容及姓名略有不同，但是丈夫守邊殉節皆同，其後故事經民間增飾，益見豐富。第五個異文的「江」應作「姜」。

（八）八月

八月裡來秋風涼，梅倫害死蘇娘娘；

李氏夫人來代死，潘葛一本奏君王。

八月所詠前兩個異文與後三個異文不同，據第一個異文的採集者羅香林先生的註云：「此篇自坊間的刻本錄出，其八月一首，並未挾有古人名字在內，諒是傳錄錯誤之故，但原文如何，現在尚未考出。」可見原文應是後三個異文的內容，後三個異文出自明代傳奇《蘇皇后鸚鵡記》，無名氏作，「梅倫」應作「梅妃」，「潘管」、「潘國」和「秦割」應作「潘葛」，第三個版本的「木本」應作「一本」，故事寫周王得西番進貢白鸚鵡，命蘇后收管，梅妃嫉之，設計將鸚鵡摔死，周王怒，賜后死，丞相

潘葛以夫人代之，救后出逃，蘇后在途中生太子，深受折磨。久而周王悔殺后，潘相始據實奏明，迎蘇后母子歸。

（九）九月

九月裡來是重陽，匹馬單刀關雲長；

行過五關斬六將，擂鼓三通斬蔡陽。

九月所詠，前三個異文相同，都是三國故事，元代雜劇有《關雲長千里獨行》、元明間雜劇《斬蔡陽》，明代雜劇有《壽亭侯五關斬將》等，本事出《三國志平話》中「千里獨行」一節，《三國志通俗演義》卷六有「關雲長五關斬將」、「雲長擂鼓斬蔡陽」二節，今通行本《三國演義》第28回「斬蔡陽兄弟釋疑　會古城主臣聚義」都是講這一段故事。第四個異文第二、三句詠甘羅年少當宰相之事，第四句詠太公八十方遇之事，一少一老對比；第五個異文第二句詠甘羅十二當丞相，第三句詠孫康（應是鄧禹）年幼當丞相，第四句詠太公年老才遇的事。第四和第五個異文在押韻方面不太順，若以一、二、四句押平聲韻的通則來看，這兩個版本的第二句都是仄聲韻，極有可能是拼湊而成。

（十）十月

十月裡來牡丹花，張公九世不分家；

門前種有千年樹，和氣團圓共一家。

十月所詠，前兩個異文相同，應是出自元代無名氏作家《張

公藝九世同居》雜劇，演述北齊人張公藝九世同居以忍持家的美
事，本事出自《舊唐書・劉君良傳》；第三個異文詠「二十四
孝」故事之「孟宗哭竹」、「郭巨埋兒」。元雜劇有《孟宗哭
竹》，屈恭之作，已佚，本事應出自《三國志》裴松之注引《楚
國先賢傳》：「宗母嗜筍，冬節將至，時筍尚未生，宗入竹林哀
嘆，而筍爲之出，得以供母。皆以爲至孝之所致感。」明雜劇有
《郭巨埋兒》，元明間人作，本事見《太平御覽》卷411引漢・
劉向《孝子傳》：「漢代郭巨事母甚孝，因家貧難以供奉母親，
欲埋其子，掘地三尺得黃金一釜，書曰天賜郭巨。」晉・干寶
《搜神記》亦載此事；第四和第五個異文同九月前三個異文。

（十一）十一月

十一月來小陽春，孟宗哭竹見孝心；

孟宗哭出多生筍，郭巨埋兒天賜金。

十一月所詠第一、二、四、五異文與十月第三個異文相同，
只是十一月的四個異文第四句都不押韻，可能十月的第三個異文
才是原本；第三個異文與九月第四個異文近似，多了「丁山有子
叫薛剛」一句，詠薛家父子，於文意不合，似是誤植。孟宗哭竹
和郭巨埋兒是二十四孝的故事，故事流傳廣遠，較有爭議的是郭
巨埋兒，爲了孝順母親而埋兒，有違常理，「孝」的內涵值得再
定義。

（十二）十二月

十二月來又一年，文公走雪真可憐；

橋頭遇著韓湘子，雪擁藍關馬不前。

十二月所詠全同，韻字亦同，文字小有出入，故事出自《韓湘子傳奇》，是韓湘子渡叔父韓愈（文公）的「仙話」。第三個版本的「湧」應作「擁」，第四和第五個版本的「薛」應作「雪」。南戲有《韓文公風雪阻藍關記》、《韓湘子三度韓文公》，本事見唐・段成式《酉陽雜俎》、宋・劉斧《青瑣高議》，元雜劇、明傳奇、清代及近代的戲曲都有演此故事者，流傳甚廣。韓愈〈左遷至藍關示姪孫湘〉：「一封朝奏九重天，夕貶潮陽路八千。欲為聖明除弊事，肯將衰朽惜殘年！雲橫秦嶺家何在？雪擁藍關馬不前。知汝遠來應有意，好收吾骨瘴江邊。」

正月所詠流傳最廣，一方面是一到十二月要全記完整不容易，別一方面則是正月所詠故事最為形象化，將最感動人心的投江一幕用精鍊的三句表達出來，配合著〈剪剪花〉的動人曲調，聞之使人心酸。以下是〈十二月古人〉校對後的全文內容：

正月裡來是新年，抱石投江錢玉蓮；

繡鞋脫忒為古記，連喊三聲王狀元。

二月裡來龍抬頭，小姐綵樓拋繡球；

繡球打在呂蒙正，蒙正寒窗才出頭。

三月裡來三月三，昭君娘娘去和番；
回頭看見毛延壽，手攬琵琶馬上彈。

四月裡來楊柳長，自把三關楊六郎；
殺人放火焦光贊，謀財害命是孟良。

五月裡來是端陽，磨房生下咬臍郎；
九州做官劉知遠，房中挨磨李三娘。

六月裡來熱難當，漢朝出有楚霸王；
霸王死在烏江上，韓信功勞在何方？

七月裡來秋風起，孟姜烈女送寒衣；
去到長城尋夫主，哭崩城牆八百里。

八月裡來秋風涼，梅倫害死蘇娘娘；
李氏夫人來代死，潘葛一本奏君王。

九月裡來是重陽，匹馬單刀關雲長；
行過五關斬六將，擂鼓三通斬蔡陽。

十月裡來牡丹花，張公九世不分家；
門前種有千年樹，和氣團圓共一家。

十一月來小陽春，孟宗哭竹見孝心；
孟宗哭出冬生筍，郭巨埋兒天賜金。

十二月來又一年，文公走雪真可憐；
橋頭遇著韓湘子，雪擁藍關馬不前。

　　〈十二月古人〉重新整理後，我們可以清楚梳理這十二個月
所分別歌詠的十二個主題，正月歌頌不畏強權堅貞的愛情，二月
的主題是苦讀必會出頭的書中自有顏如玉的男性社會想望，三月
討論的是千古美女的共同命運：物化與和番，當然也詠小人當道
的無奈與心酸，四月歌詠歷史上的忠良，五月上演古今難解的家
庭倫理悲劇，六月歌詠楚漢相爭英雄人物們的是非成敗，七月詠
長城悲歌，突顯人間男女的生命掙扎，八月上演後宮甄嬛傳，然
而忠臣以妻代后死的情節，有違常理，九月詠忠義關公，是百姓
心目中的義勇形象，真實歷史已無關緊要，十月歌詠張公藝以忍
持家九世同堂的夢幻典範，十一月詠孟宗與郭巨的孝心孝行，只
是孝順要以埋兒為代價，頗為驚人，十二月歌詠忠臣遭貶的千古
主題。

　　這些主題都是關乎生命的重要課題，有些愚忠愚孝的故事是
不是仍值得傳唱，有待討論。不過，從以上對異文與內容主題的
分析可知，〈十二月古人〉的取材，以戲曲中的人物為主，有些
雖史有記載，但此歌的「古人」實是戲中展演之人，而非史籍所
記載的人物，其敘事所本乃民間的戲曲故事，透過民間藝人的

口，唱出每齣戲經典人物的遭遇或故事情節。如果從新歷史主義
（New Historicism）的視角觀察，這些民間口耳相傳的戲曲人物
故事，常常是百姓心中行為規訓的準則，內化到一般百姓的日常
生活行為之中，並將這些忠孝節義的故事典範融入社會慣習，戲
曲展演的人物故事形象比真實歷史更真實。

六、結語

　　客家月令格聯章歌謠〈十二月古人〉是自古以來民間長時間
傳唱形成的定型小調，又稱〈剪剪花〉，這首敘戲曲人物故事的
歌謠是目前唯一被臺灣客家流行歌壇傳唱的客家月令格聯章歌
謠，可見〈十二月古人〉的受歡迎程度。也因為流傳廣遠，不同
的異文往往文意不通、含義不明，本文經由異文的比較，校正了
不同異文的訛字，也確認了各月所詠的戲曲典故。

　　〈十二月古人〉是一首流傳在客家地區的小調，又稱為〈剪
剪花〉。以〈十二月古人〉命名，是取其內容由一到十二月編
排，各月歌詠不同之古人古事，並且是古代戲曲中的故事。名為
〈剪剪花〉則是因為在唱這首歌時，每段的第二句第四字之後會
加「剪剪花」的和聲。就歌名與內容的相關，客家的這首小調應
是保留了原本命名為〈剪剪花〉一系列俗曲的原貌，使我們得以
知道稱之為〈剪剪花〉或〈剪靛花〉原來和從事織染工作的婦女
有密切關係。

　　〈十二月古人〉的取材泰半來自戲曲中的故事人物，以耳熟

能詳並且易於朗朗上口為主。雖然各版本所記錄的內容小有差異，經由各版本的對照，已不難推敲出原歌真貌。民間流傳的作品往往在記錄時會有文字的出入，加上歌者極可能不識字，只是傳唱著他／她們耳熟能詳的曲調。以這首〈十二月古人〉為例，歌中所詠王瑞蘭及蔣世隆事及梅妃陷害蘇娘娘事，記錄的錯字就不少，若再傳訛下去，很可能無法確知所詠是哪一部戲曲、何人何事。經由異文整理校稿，我們確認了〈十二月古人〉每個月的歌詞內容，而此歌從正月到十二月，每個月歌詠一個重要的生命主題，從堅貞的愛情到忠孝節義的各類故事都有，其中較具爭議的兩個主題是關於後宮爭鬥（以妻替后死）及孝順（郭巨埋兒），有愚忠愚孝之嫌，以今時今日的社會觀之，不宜再傳唱。

　　客家另有一首〈月情古賢人〉與〈十二月古人〉一樣詠唱古人古事，只是曲調不同，所詠內容亦不相同。至於〈十二月大花名〉、〈新刊十二月古人名〉所詠內容雖與〈十二月古人〉有相同之處，顯示彼此互相影響的痕跡，但是曲調不同，應是各有傳承。而〈時興新調採茶歌〉雖然歌名與〈十二月古人〉差異頗大，然而形式仍為由正月歌詠至十二月，所詠內容是十二齣戲的內容，與〈十二月古人〉極為相似，較特殊的是此歌還有倒唱，從十二月再詠回正月，就內容而言，正月的《古城記》（關雲長）、五月的《號天塔》（楊六郎）、七月的《鶯歌記》（蘇后）及十月的《千金記》（韓信）與〈十二月古人〉所詠相同，只是詞句差異頗大。

　　儘管如此，類似歌曲的大量創作，仍然顯示這類歌曲在民間

傳唱的普及，也可見民間歌謠在不同語言使用區仍具有相互影響的能力，而歌詞一致地以月份加以排列，主題內容又都將戲曲中的人物、故事加以形象化地傳達，呈現出民間源源不絕的傳承能力。

各篇文章出處

第一章　客語新文學與還我母語運動

本文整合曾於研討會及專書發表之兩篇文章：〈臺灣客家運動與客語新文學的發展〉及〈客家文學與客語文學〉。〈臺灣客家運動與客語新文學的發展〉發表於「臺灣客家運動三十年與客家發展」學術研討會。桃園：國立中央大學，2018年6月9日。〈客家文學與客語文學〉收錄於林本炫、王俐容、羅烈師主編，2021，《認識臺灣客家》，頁139-158。桃園：臺灣客家研究學會。

第二章　客家文學中的族群與臺灣主體性敘事：《殺鬼》及《邦查女孩》

〈客家文學中的族群與臺灣主體性敘事：《殺鬼》及《邦查女孩》〉經審查後收錄於2023，張翰璧、蔡芬芳主編，《客家研究與族群研究的對話》，頁239-265。臺北：巨流圖書股份有限公司。

第三章　鍾肇政小說中的族群再現

〈鍾肇政小說中的族群再現〉發表於「鍾肇政先生追思紀念學術研討會」，桃園：國立中央大學，2021年1月9日。經審查後收錄於2021，周錦宏等編，《鍾肇政的臺灣關懷》，頁449-476。桃園：國立中央大學出版中心；臺北：遠流出版公司。

第四章　客家文學的女性形象建構：臺灣現代詩與小說

〈客家文學的女性形象建構：臺灣現代詩與小說〉原題〈性別無意識：客家文學中的他者話語與女性形象建構〉，發表於「第十屆台灣文化國際學術研討會」。臺北：國立臺灣師範大學臺灣語文學系，2017年9月

8-9日。

第五章　移民結構與歷史記憶：客家渡臺與過番敘事

〈移民結構與歷史記憶：客家渡臺與過番敘事〉發表於「世界客家研究
大會暨全球客家研究聯盟2023國際雙年學術研討會：客家的在地、全球
與多樣」。桃園：國立中央大學；會議場地位於古華花園飯店，2023年
9月22-23日。

參考文獻

一、專書

明‧李時珍,1983,《本草綱目》。收於「國學基本叢書」四百種,王
　雲五主編。臺北:臺灣商務印書館。

明‧徐文昭編輯,[1553]1987,《風月錦囊‧全家錦囊荊釵》。收於
　《善本戲曲叢刊》,王秋桂主編。臺北:臺灣學生書局影印出版。

清‧劉廷璣(?-1676)。〔年代不詳〕1971?,《在園雜志》。收於遼
　海叢書15,民國‧金毓黻輯。臺北:藝文印書館。

清‧李斗(乾隆年間人,生卒年不詳),[1975] 1969,《揚州畫舫
　錄》。臺北:學海出版社。

清‧王必昌纂修,1961,《重修臺灣縣志》。南投:臺灣省文獻委員
　會。

清‧黃遵憲著、錢仲聯箋注,1981,《人境廬詩草箋注(上)》。上
　海:上海古籍出版社。

清‧藍鼎元,1997,《平臺紀略‧粵中風聞臺灣事論 壬子》。南投:臺
　灣省文獻委員會。

《時曲十隻枂子》,〔年代不詳〕,臺北中央研究院傅斯年圖書館善本
　室。光碟代號:CD441。石印本。上海:兩宜社。

《時興新調採茶歌》,〔年代不詳〕,臺北中央研究院傅斯年圖書館善
　本室。光碟代號:CD444。應是木刻。出版地不詳。

《新刻十二月古人名》,〔年代不詳〕,臺北中央研究院傅斯年圖書館
　善本室。光碟代號:CD440。清溪閣口傳抄本。

《時調大觀》,〔年代不詳〕,臺北中央研究院傅斯年圖書館善本室。
　光碟代號:CD441。石印本。上海:中國第一書局。

《時調大觀》二集,〔年代不詳〕,臺北中央研究院傅斯年圖書館善本

室。編號Tc14-182。石印本。上海：全球書局。

《時調大觀》八集，〔年代不詳〕，臺北中央研究院傅斯年圖書館善本
　　室。編號Tc14-186。石印本。上海：全球書局。

《最新口傳名家時曲精華時調指南》四集，〔年代不詳〕，臺北中央研
　　究院傅斯年圖書館善本室。編號：Tc15-190。石印本。上海：廣記書
　　局。

《華僑華人百科全書‧僑鄉卷》編輯委員會，2001，〈"過番"歌謠十
　　首〉。頁170-171，收錄在《華僑華人百科全書‧僑鄉卷》編輯委員會
　　編，《華僑華人百科全書‧僑鄉卷》，北京：中國華僑出版社。書中
　　自注：轉引自《汕頭華僑志》。

《新編時調》七集，〔年代不詳〕，臺北中央研究院傅斯年圖書館善本
　　室。編號Tc17-210。石印本。上海：協成書局。

中國民間文學集成全國編輯委員會編，1992，《中國歌謠集成》。北
　　京：新華書店發行。

丹青藝叢編委會編，1986，《中國音樂詞典》。臺北：丹青出版社。

六堆文化傳播社主編，2015，《第二屆六堆大路關文學獎作品精選
　　集》。屏東：屏東縣政府。

王甫昌，2003，《當代台灣社會的族群想像》。臺北：群學出版有限公
　　司。

王岳川，1999，《後殖民主義與新歷史主義文論》。濟南：山東教育。

王逢振，1995，《女性主義＝Feminism》。臺北：揚智文化。

王德威，2007，《如何現代，怎樣文學？：十九、二十世紀中文小
　　說》。臺北：麥田出版。

王德威編選導讀，2005，《臺灣：從文學看歷史》。臺北：麥田出版。

丘逢甲，1937，《嶺雲海日樓詩鈔》。民國廿六年（1937）聚珍仿宋
　　本。

甘耀明，2009，《殺鬼》。臺北：寶瓶文化。

甘耀明，2010，《喪禮上的故事》。臺北：寶瓶文化。

甘耀明，2015，《邦查女孩》。臺北：寶瓶文化。

任二北，1954，《敦煌曲初探》。上海：上海文藝聯合出版社。

江明樹等著，2016，《台客詩刊》第六期。新北：台客詩社。

何石松，2009，《客諺第二百首──收錄最新一百首客諺》。臺北：五南圖書出版公司。

利玉芳，1996，《向日葵》。臺南：臺南縣立文化中心。

利玉芳，2016，《燈籠花：利玉芳詩集》。臺北：釀出版。

吳子光，1979，《吳子光全書》。臺北：中華民國臺灣史蹟中心。

吳濁流，1991，《吳濁流集》。臺北：前衛出版社。

呂正惠，1992，《戰後台灣文學經驗》。臺北：新地文學出版。

李金髮編，1970，《嶺東戀歌》。北京：北京大學民俗叢書。

李家瑞，1933，《北平俗曲略》。北平：國立中央研究院歷史語言研究所。

李喬、林瑞明編，1993，《李喬集》。臺北：前衛出版社。

李喬，1995，《臺灣，我的母親》。臺北：草根出版社。

李喬，2008，《情歸大地》。臺北：行政院客家委員會。

李喬、許素蘭、劉慧真主編，2004，《客家文學精選集‧小說卷》。臺北：天下文化。

李喬主編，2003，《臺灣客家文學選集 I 散文‧新詩》。臺北：前衛出版社。

李喬主編，2004，《臺灣客家文學選集 II 小說》。臺北：前衛出版社。

杜潘芳格，1990，《朝晴》。臺北：笠詩刊社。

杜潘芳格，1993，《青鳳蘭波》。臺北：前衛出版社。

杜潘芳格，1997，《芙蓉花的季節》。臺北：前衛出版社。

邱一帆，1999 ，《有影：客家詩》。苗栗：苗栗縣立文化中心（與《阿啾箭个故鄉：客家散文》合刊）。

邱一帆，2000，《田螺：客語詩集》。新北：客家臺灣文史工作室。

邱一帆，2004，《油桐花下个思念：客家詩集》。臺北：華夏書坊。

邱一帆，2012，《族群‧語言‧文學：客語詩歌文學論集》。苗栗：桂冠圖書股份有限公司。

邱一帆，2017，《長流水：邱一帆客語散文集》。苗栗：桂冠圖書股份有限公司。

邱一帆等主編，2010-2017，《文學客家》1-31 期。新北：愛華出版社。

邱春美，2003，《台灣客家說唱文學「傳仔」研究》。臺北：文津出版社。

邱春美，2007，《客家文學導讀》。臺北：文津出版社。

邱瓊瑤執行編校，2012，《第3屆桐花文學獎得獎作品集》。臺北：客家委員會。

姚增蔭，1943，《廣東省的華僑匯款》。上海：商務印書館。

柯志明，2001，《番頭家：清代臺灣族群政治與熟番地權》。臺北：中央研究院社會學研究所。

胡東海、劉淦琳、陳俊儒編集，1996，《栗社詩集‧第一輯》。苗栗：栗社。

胡萬川，2004，《民間文學的理論與實際》。新竹：國立清華大學出版社。

范文芳，1993，《木麻黃的故事》。新竹：新竹市立文化中心。

范文芳，1998，《頭前溪个故事》。新竹：新竹縣立文化中心。

馬客寧，2012，《燈籠花：客家語小品文》。屏東：陳志寧。（著者本名陳志寧）

高翊峯，2002，《家，這個牢籠》。臺北：爾雅出版社有限公司。

張京媛主編，1993，《新歷史主義與文學批評》。北京：北京大學出版。

張典婉，2004，《台灣客家女性》。臺北：玉山社出版。

張芳慈，2004，《天光日》。臺北：臺北縣政府文化局。

張芳慈主編，2016，《落泥——臺灣客語詩選》。臺北：釀出版。

張捷明，2013，《山會帶偓轉屋：客家安徒生客語散文選》。臺北：唐山出版。

張捷明，2018，《中大湖个風：桃園地區新舊兩隻移墾地區个故事》。桃園：華夏書坊。

張進，2004，《新歷史主義與歷史詩學》。北京：中國社會科學。

張鳳翔校正、趙志馨編輯，[1925]，《時調指南》。臺北中央研究院傅斯年圖書館善本室。編號：Tc14-188。光碟代號：CD441。石印本。上海：振園小說社。

教育部編，2009，《教育部97年用咱的母語寫咱的文學：用恩兜个母語寫恩兜个文學創作獎作品集》。臺北：教育部。

教育部編，2011，《98年教育部臺灣閩客語文學獎作品集》。臺北：教育部。

莫渝、王幼華，2000，《苗栗縣文學史》。苗栗：苗栗縣立文化中心。

陳芳明，2002，《後殖民臺灣：文學史論及其周邊》。臺北：麥田出版。

陳柳金等著，2016，《2016桐花文學獎得獎作品集》。臺北：客家委員會。

陳偉之等著，2017，《2017後生文學獎》。臺北：臺北市政府客家事務委員會。

陳然興，2013，《敘事與意識形態》，北京：人民出版社。

彭欽清、黃菊芳譯注，2020，《百年客諺客英解讀》。桃園：國立中央大學出版中心；臺北：遠流出版公司。

曾貴海，2000，《原鄉‧夜合》。高雄：春暉出版社。

舒蘭編，1989，《中國地方歌謠集成》。臺北：渤海堂。

馮輝岳，1999，《客家謠諺賞析》。臺北：武陵。

黃子堯（筆名黃恆秋），1990，《擔竿人生：客語詩集》。高雄：愛華出版社。

黃子堯（筆名黃恆秋），1993，《客家台灣文學論》。高雄：愛華出版社。

黃子堯（筆名黃恆秋），1998，《見笑花：黃恆秋客家台語詩集》。新北：客家臺灣文史工作室。

黃子堯（筆名黃恆秋），1998，《臺灣客家文學史概論》。新北：客家臺灣文史工作室。

黃子堯（筆名黃恆秋），2002，《客家詩篇》。新北：客家臺灣文史工作室。

黃子堯（筆名黃恆秋），2003，《客家民間文學》。新北：客家臺灣文史工作室。

黃子堯（筆名黃恆秋）主編，2017，《客韻風華：海峽兩岸客家詩選》。新北：客家臺灣文史工作室。

黃子堯（筆名黃恆秋）著、徐兆泉標注，2002，《客家詩篇：客語詩集》。新北：客家臺灣文史工作室。

黃子堯（筆名黃恆秋）編著，1998，《客家書寫——台灣客家文藝作家作品目錄》。新北：客家臺灣文史工作室。

黃子堯（筆名黃恆秋）主編，2001，《收冬戲：客家詩與歌交會的慶典》。臺北：寶島客家廣播電臺。

黃永珍等作，2011，《第2屆桐花文學獎得獎作品集》。臺北：客家委員會。

黃玉晴，2016，《客家文學在台灣的出現與發展（1945～2010）》。新北：花木蘭文化出版社。（作者原名黃靖嵐，本書為2014年國立成功大學台灣文學系博士論文。）

黃益啓等著，2015，《2015桐花文學獎得獎作品集》。臺北：客家委員會。

黃菊芳，2011，《台灣客家民間敘事文學：以渡台悲歌與渡子歌為例》。臺北：南天書局有限公司。

黃菊芳，2019，《過去恁多年做毋得講个事情：講還我母語運動》。桃園：國立中央大學客家學院。

黃聖雅等著，2015，《2015後生文學獎》。臺北：臺北市政府客家事務委員會。

黃榮洛，1989，《渡台悲歌：台灣的開拓與抗爭史話》。臺北：臺原出版社。

黃榮洛，1997，《臺灣客家傳統山歌詞》。新竹：新竹縣立文化中心。

黃儀冠，2012，《從文字書寫到影像傳播──臺灣「文學電影」之跨介改編》。臺北：臺灣學生書局有限公司。

楊佈光，1983，《客家民謠之研究》。臺北：樂韻出版社。

楊美紅等作，2010，《第1屆桐花文學獎得獎作品集》。臺北：客家委員會。

楊家駱編，1972，《粵謳・民間歌謠集》，中國俗文學叢刊第一集第六冊。臺北：世界書局。

楊熾明，2000，《臺灣鄉土音樂（客家系民歌）的認知與探討》。臺北：名藝欣賞出版社。

葉日松，1998，《酒濃花香客家情》。臺中：文學街出版社。

葉日松，2001，《客語現代詩歌選》。臺北：武陵出版社。

葉日松，2002，《鑊仔肚介飯比麼介都卡香》。臺中：文學街出版社。

葉日松，2004，《臺灣故鄉情》。花蓮：吉安鄉公所。

葉國居，2014，《髻鬃花》。臺北：聯合文學出版。

精鼎公關顧問公司策畫製作，2015，《第5屆桐花文學獎得獎作品集》。臺北：客家委員會。

趙毅衡編選，2004，《符號學：文學論文集》。天津：百花文藝。

趙韡文等著，2013，《第4屆桐花文學獎得獎作品集》。臺北：客家委

員會。

齊森華主編，1997，《中國曲學大辭典》。浙江：浙江教育出版社。

劉大杰，[1956] 1991，《中國文學發展史》。臺北：華正書局。

劉平，2003，《被遺忘的戰爭：咸同年間土客大械鬥研究》。北京：商務印書館。

劉淦琳，1995，《思源隨筆》。苗栗：苗栗縣立文化中心。

廣東、廣西、湖南、河南辭源修訂組、商務印書館編輯部編，1988，《辭源》（大陸版）。臺北：遠流出版事業股份有限公司。

廣東省地方史編纂委員會，1996，《廣東省志·華僑志》。廣州：廣東省科技音像出版社。

蕭阿勤，2012，《重構台灣：當代民族主義的文化政治》。臺北：聯經出版事業股份有限公司。

蕭蕭、陳寧貴、向陽編選，1988，《中國當代新詩大展：1970-1979》。臺北：德華出版社。

賴江質著、黃鼎松編，1993，《綠水閒鷗集》。苗栗：苗栗縣立文化中心。

賴碧霞編著，1993，《台灣客家民謠薪傳》。臺北：樂韻出版社。

謝玉玲，2010，《土地與生活的交響詩：台灣地區客語聯章體歌謠研究》。臺北：秀威資訊科技。

鍾理和，1996，《笠山農場》。臺北：草根出版事業有限公司。

鍾理和，2009，《新版鍾理和全集》。高雄：高縣文化局。

鍾肇政，1973，《馬黑坡風雲》。臺北：臺灣商務印書館。

鍾肇政，1985，《川中島》（高山組曲第一部）。臺北：蘭亭書店。

鍾肇政，1985，《戰火》（高山組曲第二部）。臺北：蘭亭書店。

鍾肇政，1993，《怒濤》。臺北：前衛出版社。

鍾肇政，1998，《八角塔下》。臺北：草根出版事業有限公司。

鍾肇政，2005，《臺灣人三部曲（一）沉淪》。臺北：遠景出版事業有

限公司。

鍾肇政，2005，《臺灣人三部曲（二）滄溟行》。臺北：遠景出版事業
　　有限公司。

鍾肇政，2005，《臺灣人三部曲（三）插天山之歌》。臺北：遠景出版
　　事業有限公司。

鍾肇政，2005，《濁流三部曲（一）濁流》。臺北：遠景出版事業有限
　　公司。

鍾肇政，2005，《濁流三部曲（二）江山萬里》。臺北：遠景出版事業
　　有限公司。

鍾肇政，2005，《濁流三部曲（三）流雲》。臺北：遠景出版事業有限
　　公司。

鍾肇政主編，1994，《客家台灣文學選》第1冊。新北：新地文學出版
　　社。

鍾肇政主編，1994，《客家台灣文學選》第2冊。新北：新地文學出版
　　社。

羅可群，2000，《廣東客家文學史》。廣東：廣東人民出版社。

羅思容，2011，《攬花去》專輯。桃園：旭日文化事業有限公司。

羅思容選編，2015，《多一個》專輯。桃園：旭日文化事業有限公司。

羅英祥，1994，《飄洋過海的客家人》。河南：河南大學出版社。

羅香林，1992[1933]，《客家研究導論》。臺北：南天書局有限公司。

羅香林編，1987，《粵東之風》。臺北：中國民俗學會。（據1947版本
　　影印，《國立北京大學中國民俗學會民俗叢書111》）

羅肇錦，1990，《講客話》。臺北：自立晚報。

蘇慶華，2014，《閩、客、瓊、潮、粵：五大方言《過番歌》研究》
　　（蘇慶華論文選集 第4卷）。吉隆坡：商務印書館（馬）有限公司。

龔萬灶，1999，《阿啾箭个故鄉》。苗栗：苗栗縣立文化中心。（與邱
　　一帆《有影》客語新詩合刊）

龔萬灶、黃子堯（筆名黃恆秋）編，1995，《客家現代詩選》。苗栗：苗栗縣立文化中心。

龔萬灶、黃子堯（筆名黃恆秋）編選，1995，《客家臺語詩選》。臺北：客家臺灣雜誌社。（又名《客家現代詩選》。苗栗：苗栗縣立文化中心。）

Anderson, Benedict 著、吳叡人譯，1999，《想像的共同體：民族主義的起源與散布》（*Imagined Communities: Reflections on the Origin and Spread of Nationalism*）。臺北：時報文化出版企業股份有限公司。（Copyright 1991 by Benedict Anderson）

Barthes, Roland（羅蘭‧巴特）著、屠友祥譯，2004，《S/Z》。臺北：桂冠圖書股份有限公司。

Brubaker, Rogers, 2004. *Ethnicity without Groups.* Cambridge, MA: Harvard University Press.

Fish, Stanley, 1980. *Is There a Text in This Class? The Authority of Interpretive Communities.* Cambrjidge, Massachusetts: Harvard University Press.

Foucault, Michel（米歇‧傅柯）著、王德威譯，1993，《知識的考掘》（*L'archeologie du savoir*）。臺北：麥田出版。

Foucault, Michel（米歇‧傅柯）著、劉北成等譯，1992，《瘋顛與文明》（*Madness and Civilization: A History of Insanity in the Age of Reason*）。臺北：桂冠圖書股份有限公司。

Foucault, Michel（米歇‧傅柯）著、劉北成等譯，1998，《規訓與懲罰：監獄的誕生》（*Discipline and Punish: The Birth of Prison*）。臺北：桂冠圖書股份有限公司。

Hsiau, A-chin（蕭阿勤）, 2000. *Contemporary Taiwanese Cultural Nationalism.* London: Routledge.

Jameson, Fredric（詹明信）著、王逢振等譯，1999，《政治無意識：作為社會象徵行為的敘事》（*The Political Unconscious: Narrative as a Socially*

Symbolic Act）。北京：中國社會科學。

Jameson, Fredric（詹明信）著、唐小兵譯，1989，《後現代主義與文化理論》。臺北：合志文化出版。

Lacan, J. M.（拉康）著、褚孝泉譯，2001，《拉康選集》。上海：上海三聯書店。

Lacan, Jacques Miller, Jacques-Alain (EDT) Sheridan, Alan (TRN), 1981. *The Four Fundamental Concepts of Psycho-Analysis.* New York: W W Norton & Co Inc.

Lacan, Jacques. Translated from the French By Alan Sheridan, 1977. *ÉCRITS: A Selection.* Tavistock Publications Limited. New York: W W Norton & Co Inc.

MacIver, D., M.C. MacKenzie revised, 1926. *A Chinese-English Dictionary, Hakka-Dialect as Spoken in Kwang-tung Province.*, Prepared by D. MacIver, Revised and Rearranged with Many Additional Terms and Phrases by M. C. MacKenzie, 2nd ed., Shanghai: American Presbyterian Mission Press.

Mansfield, Harvey C.（哈維・曼斯菲爾德）著、鄧伯宸譯，2016，《女漢子？：女權與男子氣概Manliness》。臺北：立緒文化。

Moi, Toril（托莉・莫）著、國立編譯館主譯、王奕婷譯，2005，《性／文本政治：女性主義文學理論【第二版】》（*Sexual/Texual Politics: Feminist Literary Theory* 2nd Edition）。臺北：巨流圖書股份有限公司。

Parker, Robert Dale, 2008. *How to Interpret Literature: Critical Theory for Literary and Cultural Studies.* New York: Oxford University Press.

Said, Edward W., 1993. *The World, the Text, and the Critic.* Cambrjidge, Massachusetts: Harvard University Press.

Said, Edward W.（愛德華・薩依德）著、王志弘等譯，1999，《東方主義》（*Orientalism*）。臺北：立緒文化。

Said, Edward W.（愛德華・薩依德）著、單德興譯，1997，《知識分子論》（*Representations of the intellectual: the 1993 Reith lectures*）。臺北：麥

田出版。

Said, Edward W.（愛德華・薩依德）著、謝少波等譯，1999，《賽義德自選集》。北京：中國社會科學出版社。

Saul, Jennifer Mather 著、國立編譯館主譯、謝明珊譯，2010，《女性主義：議題與論證》（*Feminism: Issues and Arguments*）。臺北：巨流圖書股份有限公司。

Žižek , Slavoj（紀傑克）著、馬康莊校讀、蔡淑惠譯，2008，《傾斜觀看——在大眾文化中遇見拉岡》（*Looking Awry: An Introduction to Jacques Lacan through Popular Culture*）。苗栗：桂冠圖書股份有限公司。

二、期刊論文

王國安，2020，〈甘耀明《冬將軍來的夏天》探析〉。《國立彰化師範大學文學院學報》21：39-53。

冷劍波，2019，〈作爲一種「生活方式」的「過番」：近代粵東客家人播遷馬來亞考〉。《地方文化研究》4：84-92。

吳暢，2015，〈「過番」與潮汕方言詞匯〉。《韶關學院學報（社會科學）》36 (3)：66-69。

巫林亮，2010，〈勇敢的博弈：永定客家的「過番」〉。《福建鄉土》4：14-15。

李小燕，2003，〈客家人的「過番」習俗〉。《中南民族大學學報（人文社會科學報）》23 (6)：45-47。

李金生，2006，〈一個南洋，各自界說：「南洋」概念的歷史演變史〉。《亞洲文化》30：113-123。

周曉平，2016，〈民俗視域下粵東客家的血淚「過番謠」：兼論黃公度的「過番詩」〉。《嘉應學院學報（哲學社會科學）》34 (7)：14-19。

周曉平，2017a，〈族群文化的烙痕：血淚「過番」與粵東客家婦女的生

存構成〉。《嘉應學院學報（哲學社會科學）》35 (10)：16-21。

周曉平，2017b，〈歷史印記與文化確認：粵東客家人血淚「過番」與
　　程賢章《挽水西流》〉。《嘉應學院學報（哲學社會科學）》35 (3)：
　　12-18。

周曉平，2018，〈客家人「過番」的歷史動因及其生存構成：以印尼粵
　　東客家華僑為重點研究〉。《嘉應學院學報（哲學社會科學）》36
　　(10)：16-22。

林倫倫，1996，〈「過番」文化與潮汕方言詞的關係〉。《語言文字應
　　用》18 (1996: 2)：84-87。

林涵，2014，〈明清以來「過番」文化在潮汕方言中的反映〉。《南方
　　職業教育學刊》4 (1)：86-91。

林淑慧，2019，〈成長之旅：《邦查女孩》的生命敘事〉。《臺灣文學
　　學報》34：33-60。

林朝紅、林倫倫，2014，〈客、閩、潮「過番歌」的比較研究〉。《文
　　化遺產》5：90-97。

林櫻蕙，2004，〈現代客語詩中的客家女性形象研究〉，《臺北師院語
　　文集刊》9：99-128。

邱一帆，2000，〈臺灣客語文學創作介阻礙lau困境〉。《客家》121：
　　26-29。

邱一帆，2003，〈臺灣客語現代詩創作的意義及其特性〉。《客家文化
　　雜誌》5：12-24。

邱雅芳，2017，〈客家作家在臺灣文學史的位置：以葉石濤、彭瑞金與
　　陳芳明的臺灣文學史書寫為探討對象〉。《全球客家研究》9：249-
　　278。

柯榮三，2013，〈番平千萬不通行？：閩南「過番歌」中的歷史記憶與
　　勸世話語〉。《民俗曲藝》179：185-222。

柯榮三，2022，〈閩臺歌仔冊中的「南洋」現實與想像〉。《逢甲人文

社會學報》44：57-82。

柯慶明，2006，〈臺灣「現代主義」小說緒論〉。《臺灣文學研究集刊》創刊號：9。

胡紅波，2000，〈〈十二月古人‧剪剪花〉與古戲曲小說（上）〉。《客家雜誌》120：24-26。

胡紅波，2000，〈〈十二月古人‧剪剪花〉與古戲曲小說（下）〉。《客家雜誌》121：62-64。

范文芳，1993，〈客家詩人，向前行〉。《客家》34：20-21。

范文芳，1997，〈「客家詞彙貧乏」之探討〉。《語文學報》4：77-96。

范文芳，2001，〈母語教育與羅馬拼音〉。《國教世紀》195：87-94。

孫瑾，2019，〈「過番歌」主題研究及語言特色：以《蘇慶華論文選集》為對象〉。《戲劇之家》17：35-36。

高嘉謙，2010，〈帝國、斯文、風土：論駐新使節左秉隆、黃遵憲與馬華文學〉。《臺大中文學報》32：359-398。

張繼光，1993，〈明清小曲【剪靛花】曲牌考述〉。《民俗曲藝》86：71-96。

陳芷凡，2018，〈戰爭與集體暴力：高砂義勇隊形象的文學再現與建構〉。《臺灣文學研究學報》26：157-184。

陳春聲，2000，〈近代華僑匯款與僑批業的經營：以潮汕地區的研究為中心〉。《中國社會經濟史研究》4：57-66。

陳婉玲，2010，〈潮汕俗語、歌謠中折射的近代「過番史」〉。《科教文匯》12：78-79。

陳惠齡，2009，〈空間圖式化的隱喻性：臺灣「新鄉土」小說中的地域書寫美學〉。《臺灣文學研究學報》9：129-161。

陳震宇，2020，〈從小說至兒童劇場的隱藏與再現：以《邦查女孩》到《一步一步：邦查女孩森林遇》為例〉。《國立臺灣科技大學人文社

會學報》16 (4)：369-382。

陳麗園，2004，〈跨國華人社會的脈動：近代潮州人的僑批局網絡探析〉。《歷史人類學學刊》2 (2)：83-109。

麥槇琴，2004，〈客家走唱藝人蘇萬松之唱腔音樂——從有聲資料中的一段解讀〉。《臺灣戲專學刊》9：309-311。

黃素龍，2011，〈潮汕人的「過番」習俗〉。《潮商》5：88-89。

黃惠禎，2010，〈母土與父國：李喬《情歸大地》與《一八九五》電影改編的認同差異〉。《台灣文學研究學報》10：183-210。

黃菊芳，2015，〈從吳子光的〈擬禽言〉論客語文學的承與傳〉。《客家研究》8 (1)：43-74。

黃鈺婷，2021，〈海外移民書寫中的外省認同：論蔣曉雲的《桃花井》〉。《臺灣文學研究彙刊》25：57-84。

楊雅儒，2017，〈咒詛、養生、安魂：論李喬「幽情三部曲」斯土／斯民之裂解／和解歷程〉。《東吳中文學報》34：331-356。

詹閔旭，2020，〈重構原漢關係：臺灣文學裡原住民族、漢人移民與殖民者的跨種族接觸〉。《中山人文學報》48：73-95。

廖炳惠，1993，〈母語運動與國家文藝體制〉。《中外文學》22 (4) (256)：9-17。

劉亮雅，2018，〈重返1940年代臺灣：甘耀明《殺鬼》中的歷史傳奇〉。《臺灣文學研究學報》26：221-250。

劉登翰，1991，〈《過番歌》及其異本：《過番歌》研究之一〉。《福建學刊》6：56-60。

劉登翰，1993，〈《過番歌》的產生和流傳：《過番歌》研究之二〉。《福建論壇（人文社會科學版）》6：27-32。

劉登翰，2002，〈論《過番歌》的版本、流傳及文化意蘊〉。《華僑大學學報（哲學社會科學版）》6：71-78。

劉登翰，2005，〈追索中國海外移民的民間記憶：關於「過番歌」的研

究〉。《福州大學學報（哲學社會科學版）》72 (2005: 4)：11-17。

劉登翰，2014，〈長篇說唱《過番歌》的文化衝突和勸世主題：《過番歌》研究之三〉。《華僑大學學報（哲學社會科學版）》2：33-40。

蔡林縉，2021，〈新南方論述：《邦查女孩》與定居殖民批判〉。《中山人文學報》51：51-80。

鄭松輝，2005，〈汕頭騎樓及「過番」文化〉。《尋根》2：128-130。

鄭藝超、高朗賢，2020，〈僑批文化與華僑的情感記憶〉。《田家炳中華文化中心通訊》5 (1)：39-41。

謝俊逢，1988，〈台灣客家民俗音樂所代表的意義及其價值（上）〉。《民俗曲藝》55：33-44。

謝俊逢，1988，〈台灣客家民俗音樂所代表的意義及其價值（下）〉。《民俗曲藝》56：92-105。

謝嘉薇，2001，〈原鄉的召喚——談杜潘芳格的客語詩〉。《臺灣文藝》179：86-99。

簡銘宏，2011，〈試探曾貴海詩中的原住民書寫〉。《臺灣文學學報》18：117-156。

魏明樞，2007，〈近現代客家人「過番」的歷史文化背景〉。《嘉應學院學報（哲學社會科學）》25 (2)：9-13。

羅肇錦，1989，〈祭告孫中山先生文〉，《客家風雲》15：22。

羅肇錦，1997，〈無聲勝有聲——論臺灣現代客語詩的反歌現象（上）〉，《客家》86：21-25。

蘇慶華，2013，〈怕死不過番：海南族群《過番歌》研究〉。《成大中文學報》42：221-242。

三、專書論文

王幼華，2008，〈客家族群的定位與文學史撰述〉。頁269-318，收錄於王幼華著，《考辨與詮說：清代臺灣論述》。臺北：文津出版社有限

公司。

王甫昌，2016，〈由「地域意識」到「族群意識」：論台灣外省人族群意識的內涵與緣起〉。頁181-256，收錄於蕭阿勤、汪宏倫主編，《族群、民族與現代國家：經驗與理論的反思》。臺北：中央研究院社會學研究所。

王德威，2004，〈同是萍浮傍海濱，此疆彼界辨何眞？〉。頁3-8，收錄於王德威、黃錦樹編，《原鄉人：族群的故事》。臺北：麥田出版。

王德威，2022，〈華夷風土：《南洋讀本》導論〉。頁13-29，收錄於王德威、高嘉謙編著，《南洋讀本：文學、海洋、島嶼》。臺北：麥田出版。

吳叡人，2016，〈三個祖國：戰後初期台灣的國家認同競爭，1945-1950〉。頁23-82，收錄於蕭阿勤、汪宏倫主編，《族群、民族與現代國家：經驗與理論的反思》。臺北：中央研究院社會學研究所。

汪宏倫，2016，〈對「族群、民族與現代國家」的省思〉。頁437-455，收錄於蕭阿勤、汪宏倫主編，《族群、民族與現代國家：經驗與理論的反思》。臺北：中央研究院社會學研究所。

林開世，2016，〈從頭人家系到斯卡羅族：重新出土的族群？〉。頁257-313，收錄於蕭阿勤、汪宏倫主編，《族群、民族與現代國家：經驗與理論的反思》。臺北：中央研究院社會學研究所。

施堅雅（G. William Skinner），2015，〈中國歷史上的移民與族群性：客家、棚民及其鄰居們　導論〉，頁1-21。收錄於梁肇庭著、Tim Wright（蒂姆‧賴特）編、王東、孫業山譯，《中國歷史上的移民與族群性：客家、棚民及其鄰居們》。臺北：南天書局有限公司。

胡紅波，1998，〈臺灣的月令格聯章歌曲〉。頁95-115，收錄於林松源主編，《台灣民間文學學術研討會論文集》。南投：臺灣省政府文化處；新竹：國立清華大學中國文學系發行。

張芳慈，2003，〈甜粄味〉。頁218-219，收錄於李喬主編，《台灣客家

文學選集Ⅰ》。臺北：前衛出版社。

郭實臘，2022，〈南海各小島（節錄）〉。頁330-331，收錄於王德威、高嘉謙編著，《南洋讀本：文學、海洋、島嶼》。臺北：麥田出版。

彭瑞金，1993，〈從族群特性看客家文學的發展〉。頁23-41，收錄於黃恆秋（本名黃子堯）主編，《客家台灣文學論》。高雄：愛華出版社。

彭瑞金，1993a，〈從族群特性看客家文學的發展〉。頁23-41，收錄於黃恆秋編，《客家台灣文學論》。高雄：愛華出版社。

彭瑞金，1993b，〈臺灣客家文學的可能性及其以女性為主導的特質〉。頁80-102，收錄於黃恆秋編，《客家台灣文學論》。高雄：愛華出版社。

彭瑞金，2000，〈原香——序曾貴海客語詩集《原鄉‧夜合》〉。頁5-8，收錄於曾貴海著，《原鄉‧夜合》。高雄：春暉出版社。

黃菊芳，2011，〈〈渡子歌〉及〈水月〉中的客家母親形象〉。頁157-175，收錄於黃菊芳著，《台灣客家民間敘事文學：以渡台悲歌與渡子歌為例》。臺北：南天書局有限公司。

黃菊芳，2021，〈鍾肇政小說中的族群再現〉。頁331-368，收錄於周錦宏等編，《鍾肇政的臺灣關懷》。桃園：國立中央大學出版中心；臺北：遠流出版公司。

黃菊芳，2023，〈客家文學中的族群與臺灣主體性敘事：《殺鬼》及《邦查女孩》〉。頁239-265，收錄於張翰璧、蔡芬芳主編，《客家研究與族群研究的對話》。高雄：巨流圖書股份有限公司。

黃錦樹，2004，〈族群關係‧敵我——小說與移民史重層〉。頁9-19，收錄於王德威、黃錦樹編，《原鄉人：族群的故事》。臺北：麥田出版。

歐宗智，2002，〈封建宰制下的女性呻吟——日據時期小說中的女性〉。頁24-31，收錄於歐宗智著，《走出歷史的悲情——臺灣小說評

論集》。臺北：北縣文化局。

蕭阿勤，2016，〈導言：族群化、國族化的政治、文化與情感〉。頁1-21，收錄於蕭阿勤、汪宏倫主編，《族群、民族與現代國家：經驗與理論的反思》。臺北：中央研究院社會學研究所。

蘇慶華，2014a，〈南洋「過番歌」的歷史記憶和風土特色：以南洋與閩省僑鄉流傳的《過番歌》為探討中心〉。頁13-52，收錄於蘇慶華著，《蘇慶華論文選集（第四卷）過番歌研究》。吉隆坡：商務印書館（馬）有限公司。（書中註，本文初稿原刊《南洋學報》66：1-21，2012年。）

蘇慶華，2014b，〈客家族群「過番」南洋的共同歷史記憶：以客家《過番歌》為探討中心〉。頁55-84，收錄於蘇慶華著《蘇慶華論文選集（第四卷）過番歌研究》。吉隆坡：商務印書館（馬）有限公司。（書中註，本文初稿刊福建泉州海交史博物館出版，《海交史研究》2：103-114，2012年。）

蘇慶華，2014c，〈怕死不來番：海南族群《過番歌》研究〉。頁87-123，收錄於蘇慶華著《蘇慶華論文選集（第四卷）過番歌研究》。吉隆坡：商務印書館（馬）有限公司。（書中註，本文初稿刊台南成功大學中國文學系《成大中文學報》42：221-242，2013年。）

蘇慶華，2014d，〈無可奈何，炊甜粿：潮州過番歌研究〉。頁127-158，收錄於蘇慶華著《蘇慶華論文選集（第四卷）過番歌研究》。吉隆坡：商務印書館（馬）有限公司。（書中註，本文初稿刊《南洋學報》67：59-74，2013年。）

蘇慶華，2014e，〈廣東過番歌研究：以珠江三角洲和鄰近沿海地區粵語系過番歌為例〉。頁161-188，收錄於蘇慶華著《蘇慶華論文選集（第四卷）過番歌研究》。吉隆坡：商務印書館（馬）有限公司。（書中註，本文初稿刊《馬來西亞華人研究學刊》16，未註明頁碼及年份。）

四、學位論文

方美琪，1992，《高雄縣美濃鎮客家民歌之研究》。臺北：國立臺灣師
　　範大學音樂研究所碩士論文。

王幼華，2001，《日治時期苗栗縣傳統詩社研究：以栗社為中心》。臺
　　中：國立中興大學中國文學研究所碩士論文。

王偉祺，2014，《平埔族小說之研究──以莊華堂《慾望草原》及《巴
　　賽風雲》為例》。彰化：國立彰化師範大學台灣文學研究所碩士論
　　文。

王慧芬，1998，《台灣客籍作家長篇小說中人物的文化認同》。臺中：
　　東海大學中國文學系碩士論文。

古旻陞，1992，《臺灣北部客家民謠之民族音樂學研究》。臺北：中國
　　文化大學藝術研究所碩士論文。

伊象菁，2001，《原住民文學中邊緣論述的排除與建構──以瓦歷斯‧
　　諾幹與利格拉樂‧阿烏為例》。臺中：靜宜大學中國文學研究所碩士
　　論文。

朱立雯，2014，《後鄉土小說的歷史記憶：以吳明益《睡眠的航線》及
　　甘耀明《殺鬼》為例》。臺中：國立中興大學臺灣文學與跨國文化研
　　究所教師碩士在職專班碩士論文。

佀同俊，2000，《歷史再現與鄉土召喚》。花蓮：國立花蓮師範學院多
　　元文化研究所碩士論文。

吳育仲，2010，《台灣客語現代詩田園主題作品研究》。屏東：國立屏
　　東教育大學客家文化研究所碩士論文。

吳家君，1996，《台灣原住民文學研究》。高雄：國立中山大學中國文
　　學系碩士論文。

吳紹微，2009，《臺灣新世代作家甘耀明、童偉格鄉土小說研究》。臺
　　中：國立中興大學臺灣文學研究所碩士論文。

呂慧珍，2001，《九○年代臺灣原住民小說研究》。臺北：中國文化大

學中國文學研究所碩士在職專班碩士論文。

宋卓立，2007，《台灣原住民太魯閣族族群意識變遷之研究》。臺北：
　　國立臺灣師範大學政治學研究所在職進修碩士班碩士論文。

巫淑蘭，1999，《族群及其文化本質——從族群主觀研究出發對台灣族
　　群論述及異文化視野做一個補充》。臺北：國立臺灣大學人類學研究
　　所碩士論文。

李玉華，2004，《台灣原住民文學的發展歷程與主體意識的建構》。臺
　　中：逢甲大學中國文學所碩士論文。

李明釗，2019，《唱自己的歌：1970年代後台灣與馬來西亞客家流行歌
　　曲發展比較》。臺北：國立臺灣師範大學華語文教學系碩士論文。

周雪美，2000，《台灣客家傳統歌謠的語言研究》。彰化：國立彰化師
　　範大學國文學系碩士論文。

周璟慧，2007，《外省客家人的認同與文化：以廣東省五華縣籍爲
　　例》。高雄：國立高雄師範大學客家文化研究所碩士論文。

奉君山，2009，《爲什麼原住民文學？—— 1984迄今原住民文學對臺灣
　　民族國家建構的回應與展望》。臺北：國立臺灣大學中國文學研究所
　　碩士論文。

林于弘，2001，《解嚴後臺灣新詩現象析論》。臺北：國立臺灣師範大
　　學國文研究所博士論文。

林吉洋，2006，《敘事與行動：台灣客家認同的形成》。新竹：國立清
　　華大學社會學研究所碩士論文。

林君慧，2019，《新世紀臺灣鄉土小說題材與表現手法研究：以甘耀明
　　小說作品爲中心》。臺北：國立臺灣師範大學國文學系碩士論文。

林祁漢，2016，《華語語系脈絡下的少數族裔寫作：夏曼‧藍波安、達
　　德拉凡‧伊苞及阿來的移動敘事研究》。臺中：國立中興大學台灣文
　　學與跨國文化研究所碩士論文。

林奕辰，2001，《原住民女性之族群與性別書寫：阿嫣書寫的敘事批

評》。臺北：輔仁大學大眾傳播學研究所碩士論文。

林惠珊，2010，《客家文學中的女性形象與主體敘事》。高雄：國立高雄師範大學客家文化研究所碩士論文。

林瑜馨，2012，《原住民文學的非典型書寫現象——以達德拉凡‧伊苞、董恕明以及阿綺骨為例》。新竹：國立清華大學台灣文學研究所碩士論文。

林櫻蕙，2005，《現代客語詩之表現形式研究》。臺北：國立臺北師範學院臺灣文學研究所碩士論文。

邱春美，1992，《臺灣客家說唱文學「傳仔」的研究》。臺中：逢甲大學中國文學研究所碩士論文。

徐大智，2003，《戰後台灣平埔研究與族群文化復振運動：以噶瑪蘭族、巴宰族、西拉雅族為中心》。桃園：國立中央大學歷史研究所碩士論文。

徐智德，2005，《從政治過程論的觀點探討臺灣客家運動》。宜蘭：佛光人文社會學院政治學研究所碩士論文。

高旋淨，2013，《霍斯陸曼‧伐伐小說之族群書寫研究》。嘉義：國立中正大學台灣文學研究所碩士論文。

張令芸，2006，《土地與身分的追尋：李喬《寒夜三部曲》》。臺北：銘傳大學應用語文研究所中國文學組碩士論文。

張怡寧，2011，《歷史記憶建構的「民族」意涵：李喬臺灣歷史書寫的認同流變與文學展演》。新竹：國立清華大學臺灣文學研究所碩士論文。

張琬茹，2016，《少年的自我療傷：甘耀明《殺鬼》少年圖書改編》。新竹：國立交通大學客家文化學院客家社會與文化學程碩士論文。

郭坤秀，2005，《桃竹苗客家山歌研究》。臺北：中國文化大學中國文學研究所碩士在職專班碩士論文。

郭怡君，2020，《眾聲喧嘩的後鄉土：《邦查女孩》中的多元文化想

像》。臺北：國立臺北教育大學臺灣文化研究所碩士論文。

郭祐慈，2000，《當今臺灣相關原住民少年／兒童小說呈現原住民形象探討》。臺東：臺東師範學院兒童文學研究所碩士論文。

陳伯軒，2015，《台灣當代原住民漢語文學中知識／姿勢與記憶／技藝的相互滲透》。臺北：國立政治大學中國文學系博士論文。

陳秀珍，2015，《甘耀明小說《殺鬼》的鄉土、歷史與美學風格》。臺中：國立中興大學臺灣文學與跨國文化研究所碩士論文。

陳芷凡，2005，《語言與文化翻譯的辯證──以原住民作家夏曼‧藍波安、奧威尼‧卡露斯盎、阿道‧巴辣夫為例》。新竹：國立清華大學台灣文學研究所碩士論文。

陳政彥，2007，《戰後臺灣現代詩論史研究》。桃園：國立中央大學中國文學研究所博士論文。

陳郁娉，2015，《英雄、族群與宗教：李喬《寒夜三部曲》研究》。新竹：國立新竹教育大學中國語文學系語文教師碩士在職專班碩士論文。

陳國偉，2006，《解嚴以來（1987～）台灣現代小說中的族群書寫》。嘉義：國立中正大學中國文學研究所博士論文。

陳康宏，2009，《戰後臺灣客家運動之研究：以《客家風雲雜誌》與《客家雜誌》為中心》。臺北：國立臺灣大學國家發展研究所碩士論文。

陳康芬，2008，《政治意識、族群身分、與歷史文化──台灣現當代小說中的客屬作家與客家書寫研究》，客家委員會97年度補助研究計畫結案報告。

陳運棟，1978，《客家人》。臺北：聯亞出版社。

陳震宇，2018，《世代、性別與族群交織的成長之路──甘耀明《殺鬼》與《邦查女孩》之比較研究》。新竹：國立清華大學台灣文學研究所碩士論文。

陳震宇，2019，《世代、性別與族群交織的成長之路》：甘耀明《殺鬼》與《邦查女孩》之比較研究》。新竹：國立清華大學台灣文學研究所碩士論文。

彭玉芝，2011，《臺灣客家運動之研究——析論《客家風雲雜誌》與還我母語運動之關係》。臺北：國立臺灣大學國家發展研究所碩士論文。

彭素枝，1995，《台灣六堆客家山歌研究》。臺北：國立臺灣師範大學中國文學研究所碩士論文。

彭靖純，2006，《竹東地區客家山歌研究》。臺北：臺北市立教育大學應用語言文學碩士論文。

曾士榮，1993，《戰後臺灣之文化重編與族群關係》。臺北：國立臺灣大學歷史研究所碩士論文。

曾有欽，2010，《「我在故我寫」——當代台灣原住民文學發展與內涵》。臺南：國立臺南大學台灣文化研究所碩士論文。

曾絢煜，2001，《栗社研究》。嘉義：南華大學文學研究所碩士論文。

曾瑞媛，2010，《客家山歌之節奏研究》。臺中：國立臺中教育大學語文教育學系博士論文。

曾學奎，2004，《臺灣客家渡台悲歌研究》。新竹：國立新竹教育大學臺灣語言與語文教育研究所碩士論文。

舒懷緯，2013，《論甘耀明《殺鬼》的後鄉土書寫》。臺中：靜宜大學臺灣文學研究所碩士論文。

黃小民，2012，《歷史的謊言・鄉土的真實：李喬小說創作研究》。臺北：中國文化大學中國文學研究所博士論文。

黃宗潔，2005，《當代台灣文學的家族書寫——以認同為中心的探討》。臺北：國立臺灣師範大學國文學系博士論文。

黃美惠，2015，《甘耀明《殺鬼》中的臺灣原住民神話研究》。新竹：國立交通大學客家文化學院客家社會與文化學程碩士論文。

黃菊芳，1999，《〈渡子歌〉研究》。臺北：國立政治大學中國文學研
　　究所碩士論文。

黃菊芳，2008，《客語抄本〈渡台悲歌〉研究》。臺北：國立政治大學
　　中國文學研究所博士論文。

黃霈瑄，2015，《從接受美學視角看臺灣客家歌謠的現代傳承與女性形
　　象再現》。桃園：國立中央大學客家語文暨社會科學學系客家語文碩
　　士班碩士論文。

楊熾明，1992，《臺灣桃竹苗與閩西客家民歌之比較研究》。臺北：國
　　立臺灣師範大學音樂研究所碩士論文。

葉筱妍，2016，《當代客語詩中的地方書寫及其 GIS 應用》。屏東：國
　　立屏東科技大學客家文化產業研究所碩士論文。

葉德聖，2012，《臺灣客家運動之未來方程式：形成與發展（1987-
　　2012）》。臺北：國立臺灣大學國家發展研究所碩士論文。

董恕明，2003，《邊緣主體的建構——臺灣當代原住民文學研究》。臺
　　中：東海大學中國文學系博士論文。

趙慶華，2004，《認同與書寫——以朱天心與利格拉樂‧阿𡠩為考察對
　　象》。臺南：國立成功大學台灣文學研究所碩士論文。

劉佳欣，2009，《曾貴海詩作中的族群與土地》。嘉義：國立中正大學
　　中國文學研究所碩士論文。

劉奕利，2005，《臺灣客籍作家長篇小說中女性人物研究——以吳濁
　　流、鍾理和、鍾肇政、李喬所描寫日治時期女性為主》。高雄：國立
　　高雄師範大學國文學系碩士論文。

劉映暄，2011，《臺灣現代客家流行音樂女性創作者生命史之研究——
　　以羅思容為例》。臺北：國立臺灣大學國家發展研究所碩士論文。

劉昭延，2018，《甘耀明小說的歷史與鄉土書寫研究》。高雄：國立高
　　雄師範大學國文學系碩士論文。

劉得興，2012，《後殖民語境下的神話再現：台灣原住民族漢語書寫之

比較研究》。臺北：輔仁大學跨文化研究所比較文學博士班博士論
文。

劉新圓，2000，《臺灣北部客家歌樂山歌子的即興》。臺北：國立臺灣
大學音樂學研究所碩士論文。

劉榮昌，2011，《戰後客家流行音樂的發展與形構》。桃園：國立中央
大學客家社會文化研究所碩士論文。

劉維瑛，2014，《臺灣女詩人的精神圖像：杜潘芳格的生命史探究》。
臺南：國立成功大學中國文學系博士論文。

蔡政惠，2007，《原住民文學書寫中的原漢關係》。臺北：臺北市立教
育大學中國語文學系碩士論文。

蔡政惠，2015，《戰後臺灣作家文學中的「原住民族書寫」：自1945到
1987》。高雄：國立中山大學中國文學系研究所博士論文。

鄭怡婷，2008，《論當代平埔族群主體性的構成：以埔里噶哈巫爲
例》。南投：國立暨南國際大學人類學研究所碩士論文。

鄭美惠，2007，《台灣原／漢族群接觸與衝突下的傳說研究——以漢人
文本爲主》。新竹：國立清華大學中國文學系博士論文。

鄭慧如，1995，《現代的古典觀照——一九四九～一九八九‧台灣》。
臺北：國立政治大學中國文學研究所博士論文。

鄭慧菁，2009，《鍾理和作品中客家女性形象之研究》。高雄：國立高
雄師範大學國文教學碩士班碩士論文。

賴桂如，2008，《美麗的達戈文：台灣原住民漢語文學中族語運用之研
究》。花蓮：國立東華大學民族發展研究所碩士論文。

謝玉玲，2000，《台灣地區客語聯章歌謠研究》。嘉義：國立中正大學
中國文學系碩士論文。

鍾又禎，2018，《李喬《寒夜三部曲》中的族群關係》。臺中：國立中
興大學臺灣文學與跨國文化研究所碩士學位論文。

鍾振斌，2009，《運轉手作家——黃火廷客語鄉土小說中个客家文化探

究》。高雄：國立高雄師範大學客家文化研究所碩士論文。

羅慧娟，2012，《甘耀明小說研究：以2011年前的作品為探討範圍》。
　嘉義：國立中正大學臺灣文學研究所碩士在職專班碩士論文。

蘇雅玲，2014，《黃南球傳說研究》。新竹：國立新竹教育大學中國語
　文學系碩士班中文組碩士論文。

饒展彰，2014，《甘耀明新鄉土小說中的死亡書寫研究》。臺中：國立
　中興大學臺灣文學與跨國文化研究所碩士論文。

五、其他

吳濁流，1936，「網路展書讀」，網址：http://cls.hs.yzu.edu.tw/hakka/
　author/wu_zhuo_liu/wo_composition/wo_onlin/com_6.htm，查詢日期：
　2017年8月15日。〈泥沼中的金鯉魚〉曾入選「臺灣新文學」雜誌徵
　文，並發表於該誌昭和十一年六月號。

杜潘芳格，1994，〈詩的教養──我對客語詩的創作觀〉，《民眾日
　報》24版，1994年6月4日。

黃克武、黃賢強，2006，《「口傳與非物質性文化遺產：客家族群記憶
　研究 子計畫之五：過番南洋與客家記憶」研究成果報告》，行政院客
　家委員會95年度獎助客家學術研究計畫。

鍾鐵民，2000，〈我看原鄉夜合〉。頁1-4，收錄於曾貴海著，《原鄉．
　夜合》。高雄：春暉出版社。

國家圖書館出版品預行編目（CIP）資料

客家文學研究：語言、族群、性別與歷史敘事 / 黃菊芳著. --
初版. -- 桃園市：國立中央大學出版中心；臺北市：遠流
出版事業股份有限公司, 2024.3
　　面：　公分
　　ISBN 978-986-5659-54-7（平裝）

　1. CST: 客家文學　2. CST: 民間文學　3. CST: 文學評論

863.72　　　　　　　　　　　　　113003395

客家文學研究：語言、族群、性別與歷史敘事

著者：黃菊芳
執行編輯：王怡靜

出版單位：國立中央大學出版中心
　　　　　桃園市中壢區中大路 300 號

　　　　　遠流出版事業股份有限公司
　　　　　台北市中山北路一段 11 號 13 樓

發行單位 / 展售處：遠流出版事業股份有限公司
地址：台北市中山北路一段 11 號 13 樓
電話：(02) 25710297　傳真：(02) 25710197
劃撥帳號：0189456-1

著作權顧問：蕭雄淋律師
2024 年 3 月 初版一刷
售價：新台幣 350 元

YL 遠流博識網　http://www.ylib.com　E-mail: ylib@ylib.com